Arsène Lupin 亞森・羅蘋冒險系列 18

L'Agence Barnett et Cie

/ L'Homme à la peau de bique

名偵探羅蘋

／穿羊皮的人

莫里斯・盧布朗／著
蘇瑩文、吳欣怡／譯

好讀出版

怪盜分文不取——談《名偵探羅蘋》

推理作家　既晴

本書《名偵探羅蘋》（*L'Agence Barnett et Cie*）發表於一九二八年，是羅蘋探案的第四部短篇集，也是最後一部完整成冊的短篇集。在這部作品中，讓羅蘋化身爲徵信社的偵探吉姆・巴內特（Jim Barnett），暫時躲避世人、警方的關注，然而，作者莫里斯・盧布朗的企圖則不止於此。他發揮了驚人奇想，將偵探與怪盜兩種「水火不容」的身分予以結合，使本作處處洋溢著「一書兩讀」的妙趣，儘管羅蘋探案的傑作如林，本作依然擁有獨特的地位，令人難忘。

位於拉柏德街（Rue de Laborde）的巴內特偵探社，有一條不可思議的規矩，即免費諮詢。偵探社的收費，向來是推理作家表現個人創作企圖的設定，例如：愛德華・霍克（Edward D. Hoch）筆下的神偷尼克・費爾威（Nick Velvet）不想被警察盯上，收費兩萬美元，淨偷不值錢的東西；勞倫斯・卜洛克（Lawrence Block）筆下的私探馬修・史卡德（Matthew Scudder）收費隨意，因爲他也說不上來該怎麼查，反正有空就查，有查到什麼再說。

事實上，許多偵探並不為錢工作。夏洛克．福爾摩斯（Sherlock Holmes），家有遺產，靠利息度日即可，他幫助警方調查案件，是出於對解決謎團的高度興趣，收多少錢他不是太在乎。這樣的行事風格，也許對盧布朗有所啓發，因此，他將羅蘋放在一個「絕不收費」的極端處境，看看羅蘋究竟會如何反應。

表面上，吉姆．巴內特樂於提供免費協助，也是出自個人對解決謎團的興趣，但是，他之所以願意設法解決謎團，倒不是為了證明世界上沒有任何不合常理之事，而是憑著對利益、財富的過人嗅覺，他認定在這個謎團之中可能隱藏著某項龐大的報酬，於是才會介入案件，查出眞相，並且在警方、客戶尚未察覺之前取得先機，奪走財寶做為報償。

若從這個角度來看，本書就成了另類的尋寶、鬥智競賽了。在以往，偷走鎖在戒備森嚴之宅邸裡昂貴的藝術品、解開密碼以取得隱匿於歷史暗角的寶藏線索，羅蘋所追逐的財寶，都是著名而顯見的，他就像是個大魔術師，喜歡在眾人面前製造華麗炫目的戲劇效果，充滿表演欲望。

但在本作中，無人一開始就知道案件裡是否存在財寶，更遑論具體細節了——究竟是錢、是古物、還是藝術品？因此，讀者必須觀察案情發展，分析關係人之間的利害衝突，從中探查出眞相，另一方面，還得根據這個眞相，進一步思考財寶究竟暗藏何處，並想出獲取財寶的方法，才算大功告成。

這時候的羅蘋，成了深謀遠慮、機關算盡的大詐騙家。他不再鋒芒畢露、風頭矯健，而是在展現破案熱忱的同時，無聲無息地計算自己的報酬，成爲這場賭局的最後贏家！天下沒有白吃的午餐，本作正是令人拍案叫絕的最佳證明。

推薦序

惡德偵探的黑色幽默

推理作家　寵物先生

在台灣若提到亞森．羅蘋的大名，可能許多人腦中浮現的仍是四處打劫的紳士怪盜，或出生入死的冒險家形象居多，對於他身爲「偵探」的一面反而印象不深。過去評論家們在談論世界的「名偵探」時，也幾乎未將羅蘋列入名單裡。

但我們也不能忽略羅蘋作品裡，仍有著具備推理小說之邏輯、智性遊戲的部分，這時他就會化身爲偵探解開複雜難解的謎團——這種情況在短篇集裡尤其顯著。例如在《羅蘋的告白》就有他破解暗號與命案的故事，著名的《八大奇案》裡，他的化身雷利納公爵甚至還得面對古典推理常見的密室詭計。

本書《名偵探羅蘋》也是如此，這次羅蘋的掩護身分，是開設一家私人偵探社的吉姆．巴內特，每當巴黎警局的貝舒警探一遇上棘手的案件，就會請他協助調查。這樣的設定乍看之下，似乎是傳承自夏洛克．福爾摩斯此號名偵探破案的一貫模式，然而某個特殊的橋段設計，使得該作不僅是在羅蘋系列，甚至在古典偵探小說史上也有著相當獨特的位置。

其中最有趣的部分，在於巴內特偵探社標榜著「免費服務」，絕不會當面向委託人收取酬勞。那麼偵探社要如何營運？祕訣就在於每當破案過後，身爲偵探的巴內特總會透過「某種方式」獲取巨額利益——對象可能是委託人、犯人，或是案件某關係人——就是俗稱的「揩油」，可說是不折不扣的「惡德偵探」。

這樣的設計，自然使得古典偵探的「社會正義」精神蕩然無存，卻成就了本書獨到之處。案件不僅有著推理小說的謎團，還留有一種「猜猜看巴內特這次又要揩什麼油水」的樂趣，當讀者一習慣這樣的模式，便會開始期待案件偵破後的發展（有時更甚於案件眞相本身）。

且讀者可以觀察到，雖然每次貝舒警探都會被巴內特的行徑氣得咬牙切齒，待下個案件又會來委託他，這種「孽緣」形態的歡喜冤家關係，使本書同時帶有黑色幽默的趣味。貝舒這個討喜的重要配角，在後繼的作品《奇怪的屋子》與《古堡驚魂》陸續登場，與巴內特的關係也逐漸改變，成爲親密的摯友了。

值得一提的是本書的其中一篇〈斷橋疑案〉（*The Bridge that Broke*）。自盧布朗於一九二七年十月在法國雜誌《*Lectures pour tous*》刊載第一篇〈滴落的水珠〉，一直到翌年出版單行本爲止，〈斷橋疑案〉從未在法國當地發表，反而是出現在英譯版的單行本《*Jim Barnett Intervenes*》裡頭。

之後有好長一段時間，法國讀者一直不知道該篇的存在，過去中譯版本也未收錄，直到近幾年才於推理專門誌《８１３》以「英語譯至法語」的形式在本國刊載。好讀版本有收錄該篇，也算是作個補完。

最後仍是要不厭其煩地向讀者們推薦法國的羅蘋影集，這套影集前八集台灣已代理，《名偵探羅蘋》爲其中的第五集（譯爲「巴奈特偵探」），劇情爲組合〈金牙男子〉與〈貝舒的十二張股票〉二部短篇的形式，〈白手套與白鞋套〉中的貝舒警官前妻歐嘉·佛邦也有登場。飾演巴內特（羅蘋）的喬治·戴庫利耶（Georges Descrières）造型相當逗趣，喜歡本書的讀者不妨找來觀賞。

推薦序

一位偵探的完全犯罪

推理評論名家　顏九笙

據說盧布朗本來打算把素行不良的偵探吉姆・巴內特寫成獨立系列，後來才決定把他變成羅蘋的分身之一。這讓我小小地遺憾了一下——如果破格偵探巴內特跟紳士怪盜羅蘋是兩個不同的系列，我說不定更愛巴內特；我巴不得他像羅蘋一樣有二十來部長短篇，而不是只出現在九則短篇裡。

或許是爲了彌補屈辱的童年陰影，羅蘋長期使用的假身分不是有錢有閒有腦有力的貴族階級，就是人人敬畏三分的軍人警察，有著乍看讓人能夠安心的外表——只有巴內特例外。巴內特是一個來路不明、外表粗俗、語帶譏諷的偵探，而且就一個偵探來說，他顯得非常奇怪：他幾乎總是讓委託人深感不安，卻不得不暫時信任他。雖然他號稱永遠「免費諮詢」，但天下沒有白吃的午餐，在破案之餘，他總是能夠設法達成另一樁完全犯罪，把諮詢費用連本帶利討回來（而且那筆利息都是驚人的暴利）。一般來說，我們看到的偵探都是恢復事物秩序、撥亂反正的正義化身，巴內特卻有點不一樣——他在恢復秩序的同時也在顛覆秩序，這一點在〈百家樂賭局〉裡特別突出：他靠著幾句話，就戳破了中產階級好市民的虛僞面。他「重新分配財富」的舉動，顯然也是一種顛覆……

他與「搭檔」貝舒之間的關係，也可說是傳統中有創新。熟悉推理小說的朋友都知道，偵探跟警察之間的關係向來是不太平靜的，彼此依賴又彼此怨恨（多麼像是一對分不開的怨偶啊）；偵探總是抱怨警察太笨，警察總是抱怨偵探太不守規矩——但巴內特跟貝舒之間卻特別暗潮洶湧。貝舒從一開始就知道巴內特不對勁，卻還是不得不硬著頭皮跟著他耗下去，因爲少了他的幫忙，許多案件在帳面上無法了結，而巴內特這廂則一邊裝傻趁機揩油，一邊開心地玩弄貝舒的感情（你們讀一讀〈白手套與白鞋套〉，就知道巴內特有多過分）。不管你對現在正夯的Bromance（男男情誼）是喜歡、反感還是無感，你都不得不承認，這種設定很有梗，改編成影集絕對可以跑個好幾季！

所以，讀到這個系列的最後一則短篇〈逮捕吉姆·巴內特〉總是讓我覺得心痛惋惜——這不是因爲貝舒跟巴內特／羅蘋訣別，說「我們最好不要再見面了」（如果你接著去讀《奇怪的屋子》跟《古堡驚魂》，就知道貝舒根本說話不算話），而是因爲再也沒有別的偵探巴內特故事了。或許我應該要覺得安慰，畢竟由羅蘋擔綱的故事品質良莠不齊，但由分身吉姆·巴內特主演的《名偵探羅蘋》，每一則都是珠玉之作——其實在我心裡，我總是以原名《巴內特偵探社》稱呼這個系列。

接下來，就請各位自己體驗一下這位不良偵探的魅力吧！

contents 目錄

Prologue

楔子

以下的事件在當年（第一次世界大戰前夕）可謂無人不知、無人不曉，可惜，如今我們只能在零散的文獻中略窺當年盛況。這個名叫吉姆・巴內特的人老是用絕妙的手法將自己帶入最奇妙案件當中，他究竟是哪一號人物？神祕兮兮的巴內特偵探社似乎專等肥羊上門，這其中究竟有什麼難解之處？

今天，這些事件的始末終於可以大方地攤在陽光之下，讓我們將應得的榮耀還予本人，把吉姆・巴內特的罪行歸還給真正的主事者，也就是無可救藥、頑劣至極的亞森・羅蘋。

chapter 1

滴落的水珠

聖日爾曼區裡，亞塞曼男爵夫人大宅前院的門鈴響起。幾乎就在鈴響的同時，女僕拿著一只信封走了進來。

「夫人四點鐘約見的先生到了。」

亞塞曼夫人拆開信封，閱讀印在名片上的字樣：「**巴內特偵探社，免費諮詢**。」

「帶這位先生到我的小客廳裡去。」

薇樂莉啊！三十多年來，人們一直稱她爲「美人兒薇樂莉」，她如今雖然身形豐腴，風采大不如前，卻仍衣著華麗而裝扮講究，保持著十足架勢。她的臉龐總是帶著高傲的神情，偶爾略顯嚴肅，但是，在大多數時候依舊會流露出迷人的純眞之美。亞塞曼夫人身爲銀行家的妻子，自然以丈夫奢華的生活、豐富的人脈、豪宅美邸，以及與自己相關的一切為傲。然而，社交圈曾經針對她的幾樁韻事傳出流言蜚語，甚至言之鑿鑿地指稱男爵一度有意與她離婚。

夫人先來到亞塞曼男爵房裡探視年邁的丈夫，男爵的身體十分虛弱，幾次心臟病發作，讓他臥床休養了好幾個星期。她開口詢問丈夫的狀況，一邊漫不經心地調整他背後的靠枕。

男爵喃喃地問道：「剛剛是不是有人按電鈴？」

「是啊，」她回答：「是朋友推薦的私家偵探，來處理我們的事。據說，他的能力很強。」

「那最好。」這位銀行家說：「這件事讓我放不下心，不管我怎麼想，都還是想不通。」

薇樂莉同樣擔憂，她離開房間來到小客廳。廳裡有個怪異的男人，他的體型魁梧，肩膀壯碩，看來十分結實，但是他身上穿了件正式外套，顏色是偏綠的墨黑，布料卻像雨傘面似地閃著光。他的五官粗獷深邃，充滿了活力，看似年輕，但宛如紅磚般粗糙又泛紅的皮膚卻破壞了整體印象。他的眼神冷漠，目光帶著譏諷，唯一能為這男人增添些許活潑戲謔效果的，是一只可以左右兩側互換配戴的單邊眼鏡。

「您是巴內特先生嗎？」她問道。

他上前一傾身，男爵夫人還不及縮回方才朝男人伸去的手，他便以流暢的動作親吻了夫人的手，接著輕輕一咂舌，幾乎沒發出聲響，彷彿正在回味夫人手腕上的香味。

「在下吉姆・巴內特，竭誠為您服務，男爵夫人。我收到您的信，只來得及刷刷大衣，就急忙趕了過來。」

夫人愣住了，不知是否該將眼前這名冒犯她的魯莽男子趕出門外。但是他表現出從容不迫的紳士風範，完全符合社交圈的禮節，她只好接著說：「我聽說您經常爲人處理棘手事件……」

他露出自負的微笑，說：「這是我的天賦，我就是有洞悉事物的能力。」

他音調溫和，語氣卻不容旁人置疑，說話時還帶著隱約的嘲諷和揶揄。他自信滿滿，對自己的能力有十足把握，似乎任何人都無法左右他。薇樂莉發現，儘管他態度粗魯，自己卻在一瞬間便接受了這名陌生偵探的說法。但她仍然想扳回一些優勢，於是譏諷地說：「也許，我們最好先談好條件。」

「不必多此一舉。」巴內特回答。

「但是，」這會兒輪到她笑著說：「您總不會光求名聲而不計報酬吧？」

「男爵夫人，巴內特偵探社的服務完全免費。」

她明顯開始氣惱起來。

「我寧可讓雙方保持收費計酬的關係。」

「說不定還可以賞點小費？」他冷笑回應。

她仍然堅持地說：「我總不能……」

「欠我人情嗎？任何美麗的女士都不可能虧欠任何人。」

爲了緩和這番略嫌放肆的輕佻言語，他隨即補充道：「更何況，您不必擔心的，男爵夫人，無論在下提供哪些服務，都有辦法讓兩造互不相欠。」

這句模稜兩可的話是什麼意思？這名私家偵探難道自有方式索酬？那會是怎樣的性質？

薇樂莉不自在地打起哆嗦，臉色泛紅。這位巴內特先生讓她不安，說眞的，這種感覺和面對盜賊沒什麼兩樣。她心想：天哪，說不定他是個仰慕者，選擇用這種與眾不同的方式來接近她。這要怎麼分辨呢？再說，她該如何應對？屈居劣勢的薇樂莉感到慌亂，然而，她同時也信任這個男人，完全願意接受後續的發展。因此，當巴內特開口詢問她需要偵探社協助的理由時，她便遵從他的要求，毫無保留地細說緣由。男爵夫人沒花多少時間解釋，因爲巴內特先生似乎是個缺乏耐心的人。

「事情發生在十天前的星期日，」她說：「我約了幾個朋友打橋牌。當晚我早早就寢，而且和往常一樣很快就入睡。凌晨四點左右——正確的時間是四點十分，我聽到聲響醒了過來，隨後我又聽見了像是關門的聲音，聲音是從我的小客廳傳過來的。」

「也就是說，在我們現在這個位置？」巴內特打斷男爵夫人的話。

「是的，這個小客廳一邊和我的寢室相連，」這時巴內特莊重地朝夫人的寢室方向欠身致意，「一邊則通往走廊，再過去便是傭人使用的樓梯。我不是個膽小的人，於是等了一會兒之後，便下床打算查看。」

巴內特聽到這番話，對著想像中男爵夫人跳下床的景象再次致意。

「這麼說，」他說：「您下床去……」

「我先下床，然後進到小客廳開燈。廳裡沒有人，卻見這座小玻璃櫃倒在地上，裡面的擺飾和小雕像四處散落，其中有些物品還摔壞了。接著，我走到我丈夫的臥室，發現他在床上看書，而且表示自己什麼也沒聽到。他急忙按鈴叫來宅邸的總管，總管隨即開始搜查，警方也在隔天早上接手調查。」

「調查結果如何？」巴內特追問。

「是這樣的，我們完全找不出跡象，不知道這個神祕客怎麼進出宅邸，這簡直是個難解之謎。不過，我們在軟墊下某個摔破的擺飾碎片當中找到半截蠟燭和一把骯髒的木把椎鑿。此外，我們也知道在前一天的下午，有個水電工人到家裡來修理我丈夫浴室裡的洗手台水龍頭。所以警方詢問了水電行老闆，他認出工具爲他們所有，我們也在水電行裡找出另一截蠟燭。」

「所以說，」吉姆・巴內特問：「這條線索很明確囉？」

「沒錯，但是這卻和另一件明確的事實有所抵觸，讓人著實摸不著頭腦。根據調查，警方查出這名水電工在當天傍晚六點鐘搭乘快車前往布魯塞爾，大約在午夜時分——也就是說，在事件發生的三個小時之前——早已抵達當地。」

「怎麼會！這名水電工有沒有回到巴黎呀？」

「沒有。他在比利時的安特衛普大肆揮霍之後，便失去了蹤影。」

「就這樣？」

「就只有這樣。」

「負責調查這案子的是哪位警探？」

「貝舒警探。」

巴內特顯得十分高興。

「貝舒嗎？哈！好傢伙貝舒！男爵夫人，他是我的好朋友，我們經常合作。」

「事實上，就是他向我提起巴內特偵探社的。」

「也許是因為他沒有進展，對吧？」

「有可能。」

「這個好貝舒啊！我眞的很樂意幫他的忙！對您也一樣，男爵夫人，請相信我，我更樂於爲您提供服務！」

巴內特走向窗邊，用手撐著前額，站著思考了好一會兒。他掄起手指輕敲玻璃，吹著口哨，這是首輕快的舞曲。最後，他終於走回亞塞曼夫人身邊，開口說：「依據貝舒的看法——也就是您的想法，夫人，你們都認爲有人試圖行竊，對吧？」

「對，試圖行竊未果，因爲家中的財物並沒有短少。」

「我們暫且接受這個推斷好了。但無論如何，竊賊總應該有個確切的目標，而且您一定清楚。

目標是什麼東西？」

「我不曉得。」薇樂莉回答之前稍有猶豫。

私家偵探巴內特露出微笑。「男爵夫人，請容我聳個肩表示懷疑好嗎？」

小客廳的踢腳板上方是編布壁板牆，巴內特沒等夫人回答，嘲諷地指向其中一片飾板。

「這片飾板後面有什麼東西？」他的口氣，彷彿在質問一個藏起玩具的小孩。

「沒有啊，」她狼狽地說：「爲什麼這麼問？」

「因爲啊，男爵夫人，只有高明的偵探才有能力看出這片長方形飾板的編布顯得較舊，看起來，有些部分已經從木作邊框脫了開來，我理所當然會懷疑這後面是不是藏著個保險箱。」

薇樂莉打了個寒顫，迷惑著巴內特先生怎麼可能光憑如此隱晦的線索看出這件事？她一把推開巴內特所指的壁板，露出後方一小扇鋼門。夫人焦躁地解除門上的三道鎖，心裡也突然湧現一波不安的情緒。她明知不可能，卻仍忍不住猜疑，剛才這名怪異偵探獨自在小客廳裡待了幾分鐘，難不成他已趁機將保險箱洗劫一空？

她掏出口袋裡的鑰匙打開保險箱門，開啓之後，她隨即露出安心的微笑。保險箱裡只有一件物品——一件美麗絕倫的珍珠項鍊，她急匆匆地拿起項鍊，讓三股珠鍊垂落在她的手腕上。

巴內特先生笑了。「您這會兒可放心了，男爵夫人啊！但只要是竊賊，必定手巧又大膽！您要小心哪，男爵夫人，畢竟說眞的，這條項鍊實在是極品，我可以瞭解爲什麼會有人想把它從您身邊偷走。」

她駁斥這個說法。「但是項鍊沒有遭竊，也許真的有人想偷，但是沒有得逞。」

「您真的這樣想嗎，男爵夫人？」

「正是！因為項鍊不就好端端地放在這裡嗎？我還拿在手上呢！如果真被偷走，怎麼可能還在？」

巴內特語氣和緩地糾正她。「您手上拿著一條項鍊沒錯，但是您能確定這真的是您那條項鍊嗎？您確定這條項鍊真的價值連城嗎？」

「什麼話！」她惱怒地說：「十五天前，我的珠寶商才剛為項鍊鑑定，估計價值至少有五十萬法郎。」

「十五天前——也就是說，在發生事件那個夜晚的五天之前。但現在還是如此嗎？的確，我哪裡會知道哩，我又不是什麼珠寶鑑定專家，純粹猜測罷了。請問夫人，您難道仍是這般確定，一點也沒有懷疑？」

薇樂莉一愣，頓時無法動彈。他所謂的懷疑是指什麼呢？巴內特令人厭惡的堅持讓她既惶恐又焦慮。她掂了掂掌心上沉甸甸的珍珠，突然覺得珍珠似乎越來越輕。她左看右看，仔細審視珍珠項鍊，珠串的顏色彷彿不同了，她認不出折射的光澤，這條項鍊的相似度驚人，和她的幾乎同樣完美，所有的細節也幾可亂真。真相從她心裡最陰暗的角落慢慢浮現，越來越清晰，也越來越駭人。

巴內特輕快地笑道：「太好了！太好了！您總算懂了！您猜得沒錯！男爵夫人，再加把勁，您就可以看清全盤眞相了。一切都合乎邏輯！這個人上門不是偷竊，而是掉包，因此，府上沒短少任何東西，要不是撞倒小玻璃櫃發出聲響，整件事便會神不知鬼不覺般就此結束。到了下次您把假項鍊配戴在美麗粉頸上的那一刻，還渾然不曉眞正的珍珠項鍊已經消失無蹤。」

巴內特冒犯的言語絲毫未嚇到男爵夫人，她還有其他事得思考。巴內特對她傾過身來，沒讓她有時間反應，便直接說：「所以，我們已經有了第一個共識：項鍊不見了。但是我們不能就此打住，現在我們已經知道府上掉了什麼東西，接下來呢，男爵夫人，我們就要找出是誰下的手。這是辦案的邏輯。只要我們找出竊賊，就可以要他交出贓物，如此一來，我們也就進入雙方合作的第三階段。」

他和善地輕拍薇樂莉的雙手。

「您要保持信心，男爵夫人，事情已經有了眉目。首先，請容我提出一個小小的推論，假設推理乃是調查中不可或缺的步驟。我們假設，雖然您的丈夫臥病在床，但是他仍然想辦法在當天夜裡拿著蠟燭來到了小客廳，利用水電工恰好遺留下來的椎鑿打開保險箱，可惜卻笨手笨腳地撞翻小玻璃櫃，他擔心您會聽到聲響，於是急忙離開。瞧，這不就清楚了嗎？如果情形眞是如此，現場自然不可能發現任何外人來去的痕跡，保險箱也不會遭人強行撬開。我之所以這麼推測，是因爲多年來，亞塞曼男爵必定享受了進出您閨房的殊榮，他一定也曾經和您一起在夜裡來到小客廳，藉機暗暗記下您操作保險箱門鎖的方式，久而久之，他當然能得知開鎖的三組號碼。」

隨著吉姆・巴內特一字一句緩緩道出他的「小小假設」，美麗的薇樂莉越來越驚恐，巴內特所敘述的場景彷彿栩栩如生出現在她的眼前，還深深映入了她的腦海當中。

薇樂莉心慌意亂，結結巴巴地說：「您瘋了不成！我丈夫沒辦法……那天晚上如果有人進來，也不會是他。這是不可能的事！」

巴內特巧妙地提示：「您曾否爲項鍊製作過複製品？」

「有的，爲了謹愼起見，四年前在購買的時候，我丈夫同時也訂做了一件複製品。」

「複製品在誰手上？」

「我丈夫。」男爵夫人氣若游絲地說。

吉姆・巴內特喜孜孜地提出結論：「您現在拿的就是那件複製品！這件複製品替換掉了眞正的珍珠項鍊，眞品在他手上。這到底是爲了什麼？亞塞曼男爵家大業大，犯不著行竊，我們是否該考慮到其他的私人動機，比方說報復、故意折磨或傷害別人，甚或是懲罰？我說得對嗎？一個年輕美妻的言行可能偶有不愼，雖不至於逾越禮節，但是丈夫的眼光恐怕會更嚴格。請見諒，男爵夫人，我沒打算侵犯您夫妻之間的隱私，我只希望您能夠讓我找出您的項鍊。」

「不！」薇樂莉後退一步，大聲說：「不！不！」

突然間，她覺得自己受夠了這個令人難以忍受的偵探，他不時開著玩笑，並且違反所有案件調查的原則，可是這傢伙竟然在與她交談了短短的幾分鐘之後，就輕輕鬆鬆地揭開謎團，同時以嘲諷的態度，讓她看見命運即將將她推向何等艱難的處境。她再也不要聽到這個巴內特聲聲挖苦的刺耳話語了！

「不。」她頑強地重複。

他低頭致意。

「由您決定，夫人，我不想惹您煩心。我來此欲爲您服務，但前提是您要能欣然接受。然而在目前這個節骨眼上，我相信您不會願意接受我的協助，您的丈夫無法出門，亦不可能隨便將珍珠項鍊託付給別人保管，因此，東西應該藏在他的房間裡。只要能循序搜索，百分百能找出項鍊。我的朋友貝舒絕對可以勝任這項小小的專業任務。最後我只想說，如果您需要我，請在今天晚上九點到十點之間打電話到偵探社來。告辭了，夫人。」

巴內特再次親吻男爵夫人的手，而她絲毫不敢表現任何反對之意。隨後，他踩著輕快的腳步，滿足地跨步離開。沒多久，前院的門再度關上。

* * *

當天晚上，薇樂莉找來貝舒警探，開始尋找項鍊。這陣子警探自然是經常在亞塞曼宅邸出入。貝舒是個備受推崇的警探，師承鼎鼎大名的葛尼瑪①，他用的是最普遍的方式，將臥室、浴室和私人書房分區搜索。一串由三股珍珠組成的項鍊分量不小，不可能藏得無影無蹤，更何況負責搜查的是貝舒這麼優秀的警探。然而經過八天（甚至利用亞塞曼男爵習慣服用安眠藥入睡的夜晚）的反覆搜索，加上貝舒警探親自搜查男爵的床上床下，警方依然一無所獲。貝舒警探氣餒了，這條項鍊不可能還在男爵府邸裡。

儘管滿心不悅，薇樂莉不得不考慮是否該再次聯絡巴內特偵探社，請那名令人厭惡的偵探出手協助。如果這傢伙眞能達成任務找出項鍊，就算他再次親吻她的手，稱呼她「親愛的男爵夫人」，那又有什麼關係？

然而，一樁突發事件讓情勢全盤改觀，令人措手不及。某天傍晚，僕傭急匆匆地跑來通報男爵夫人，說她的丈夫心臟病突發，情況危急。虛弱的男爵躺在浴室門口的長沙發上痛苦地喘氣，五官扭曲，顯然是痛苦萬分。

驚駭的薇樂莉立刻打電話給醫師。

男爵在這時喃喃地低聲說：「太遲了……來不及了……」

「不會的，」她說：「我向你保證，絕對不會有事的。」

男爵試著想起身。「我要喝水……」他蹣跚地走向浴室。

「你的水壺裡就有水了，親愛的。」

「不……不要……我不要壺裡的水……」

「何必這樣鬧脾氣。」

「我要喝別的水……那裡的水……」

他渾身無力地再度倒了下來。夫人趕緊依丈夫要求扭開了洗手台的水龍頭，拿來杯子裝滿水，但是男爵卻拒絕喝水。

隨後，兩人安靜了好一會兒沒有出聲，一旁的水龍頭緩緩地淌著水。垂死的男爵整張臉都垮了下來。

他比劃個手勢，表示自己有話要說。夫人靠上前去，男爵卻似乎擔心僕傭會聽到，因爲他說：「靠近一點，靠過來些。」

她稍有猶豫，他想說的話彷彿會讓她害怕。然而丈夫威嚴的眼神使她臣服，夫人不由地跪了下來，將耳朵貼向丈夫。男爵微弱的聲音斷斷續續，語句間似乎毫無關聯，但她仍然猜得出大概。

「珍珠……項鍊……妳要知道，在我離開人世之前……瞧……妳從來沒愛過我……妳會嫁給我……全因爲看上我的財產……」

她開口抗議，在這種嚴肅時刻聽到如此殘酷的指控未免太讓人憤慨。可是男爵握住夫人的手腕，含糊又狂亂地重複說：「……爲了我的錢，看妳的舉止就知道……妳不是好妻子，所以，我要懲罰妳。現在，我就是在懲罰妳……我好暢快……但是，這得……我可以死，因爲珍珠正在消失……妳沒聽到珍珠滴落的聲音，沒聽到珍珠隨著水流走的聲音？薇樂莉，眞是酷刑啊！……滴落

「是哪位啊？」

她認出問話聲的主人，這個聲音來自辦公室以簾幕相隔的後方。

「亞塞曼男爵夫人。」她回答。

「啊，男爵夫人，請見諒，您先坐，我馬上過來。」

薇樂莉・亞塞曼利用坐著等候的空檔檢視這間辦公室。這地方唯用簡陋可形容，裡面只見單張辦公桌和兩張破舊的扶手椅，四壁光禿禿的，沒有懸掛裝飾，桌上亦無文件或任何紙張，唯一的裝飾是一具兼作辦公設備的電話。儘管如此，桌上的菸灰缸裡卻有好幾截高級香菸的菸蒂，而且整個空間瀰漫著一股細緻優雅的香味。

未久，有人拉開簾幕，吉姆・巴內特突然冒了出來，他神情警覺，臉上掛著笑容。他仍穿著同一件破舊的正式外套，雖然打了領結，但可看得出這結打得馬虎。他的單邊眼鏡上垂著一條黑繩。

他急忙迎向男爵夫人伸出來的手，可惜一個吻只落在夫人的手套上。

「您好嗎，男爵夫人？真是太榮幸了。這是怎麼一回事？您在服喪？希望沒什麼大事才好。啊，天哪，我真是莽撞又健忘，該不會是亞塞曼男爵吧？真令人難過！男爵是那麼深愛著您！嗯，說到這，我們上次談到什麼階段啊？」

他從口袋裡掏出一本小筆記，開始翻閱。

「亞塞曼男爵夫人……好極了，我想起來了，是有關珍珠項鍊的贗品。丈夫行竊，妻子貌美，非常非常漂亮，她本來應該要打電話給我的……」

「呃，親愛的男爵夫人，」他的口吻益發粗俗，「我一直在等您的電話呢。」

這回舊戲重演，巴內特這傢伙再度讓薇樂莉覺得既尷尬又狼狽。她不想刻意扮演因喪夫而抑鬱委靡的女人，但是她仍然感到哀痛，何況她對於未來生活充滿焦慮，更擔心自己會就此陷入悲慘的處境。過去十五天對薇樂莉來說，無疑是一段漫長的折磨，她可以想見自己面臨破產，踏上窮途末路；她噩夢連連，滿心悔恨，驚恐又絕望，所有的念頭和情緒全在她憔悴的臉龐上劃下痕跡。此時此刻，她面對一個輕浮油滑又放肆的私家偵探，而這傢伙似乎完全摸不清狀況。

夫人以莊重的態度以及合宜的語氣說明事件始末，在不去指責丈夫的情況下，也重述了律師的說辭。

「好極了！眞是太好了！」私家偵探巴內特帶著讚許的微笑說：「好極了！所有的環節果然緊緊相扣。能看到一齣如此按部就班循序發展的精采好戲，我眞是太高興了。」

「高興？」薇樂莉越來越覺得驚慌失措。

「沒錯，我的好友貝舒警探應該也有同樣強烈的感受。我猜，他應該已經向您解釋過了吧？」

「解釋什麼？」

「什麼叫『解釋什麼』？當然是整件事的關鍵所在啊！哈，眞是離奇，是吧？貝舒一定笑得很暢快。」

至少，吉姆・巴內特自己的確笑得很痛快。

「啊，利用洗手台這個伎倆厲害！眞是巧思啊！與其說這整件事是一樁悲劇，倒不如說是一齣滑稽鬧劇，這個計謀的確巧妙！我得承認，打從一開始，當您提起水電工的時候，我就察覺了這個計畫，而且一眼看出洗手台的整修和亞塞曼男爵的計畫之間存有何種關聯。我告訴自己：『這不是活見鬼麼，東西就在這裡！當男爵悄悄掉換項鍊的同時，他也爲眞品尋著了藏匿處。』因爲這對他來說才是眞正的重點，對吧？如果他光是把珍珠項鍊當作毫無價值的廢物一把扔進塞納河，那麼，用這種方式來刺激您，根本達不到報復的效果。爲了讓他的懲罰達到最高境界，男爵必須把珍珠藏在他身邊，藏在一個任何人都無法找出來的地方。這就是他的計畫。」

吉姆・巴內特自得其樂，繼續笑著說：「就是這麼一回事，多虧了他給水電工的指示——也就是您即將聽到的這番話：『好夥計，幫我檢查連接洗手台的排水管好嗎？這條排水管往下通到牆腳，以稍微傾斜的角度接向我的浴室，是不是這樣？嗯，你能不能把斜切的角度變得更小，然後在這裡——這個漆黑的角落——將水管往上提，製造出一個小空間，供我暫時存放一些東西？但要讓水龍頭打開、水開始往下流的時候，順勢將凹槽裡面的東西沖走。夥計，這樣你懂嗎？可以嗎？還有，爲了讓我能夠親眼觀看，麻煩你在靠牆這邊的排水管上打個直徑約莫一公分的小孔——就在這個地方——太好了！成功了！現在麻煩你用個橡膠塞堵住這個小洞。好了嗎？太完美了，好夥計。接下來，只差如何酬謝你了，我會爲這個你我之間的小祕密支付一筆酬勞。我們說好的，你不可以向任何人提起這件事，一定要保持緘默。來，這筆錢可以讓你買張今天晚上的車票，搭六點鐘的火車到布魯塞爾去。這裡另外有三張支票，你可以在布魯塞爾分三個月兌現。等三個月過後，你便可自由地回到法國。再會了，好夥計……』說完話，他們握手敲定整件事。當天晚上，也就是您聽到小客廳裡有聲響的那天晚上，男爵將珍珠項鍊調了包，把真品放進稍早準備好的小空間，也就是水管的凹槽裡。這樣您懂了嗎？當男爵領悟到自己來日不多的那一刻，他對您說：『請給我一杯水。不，不要水壺裡的水……要那裡的水。』您順著他的意思照做。這就是懲罰，這個恐怖的懲罰要由您親手執行，由您來打開水龍頭。水流出來之後順勢沖走珍珠，興奮的男爵喃喃地說：『妳聽見了嗎？珠子流掉了，流進了深淵。』」

男爵夫人沉默地聆聽，難掩心中激動的情緒。丈夫對她的恨意和怨氣的確深沉恐怖，然而還有比這件事實更令她害怕的事，她囁嚅地說：「這麼說，您全都知道？您早就知道真相？」

「夫人，」他說：「這是我的工作。」

「您竟然什麼都沒說！」

「什麼話！是您自己不讓我說出我已經知道──或即將知道的真相，況且您還草草打發我離開。我呢，我是個含蓄的人，所以沒有堅持下去。但是我能夠忍著不去確認嗎？」

「您去確認過？」薇樂莉結結巴巴地問。

「喔！我不過是好奇罷了。」

「您在哪一天去確認的？」

「就當天晚上。」

「當天晚上？您有辦法潛進宅邸？進到我的廂房？可是我什麼也沒聽見……」

「我的行動一向無聲無息。亞塞曼男爵也一樣，什麼都沒聽到。再說……」

「再說什麼？」

「爲了要確認我的推測，我把水管邊的洞口挖開了些。您知道麼，就是用來把珍珠塞進去的那個小洞。」

她打了個寒顫。「結果呢？結果呢？您看到了嗎？」

「我看到了。」

「看到那些珍珠？」

「珍珠就在凹槽裡。」

薇樂莉低啞地說：「所以說，如果珍珠在裡面，那麼您不就可以……拿走那些珍珠……」

他坦率承認：「天哪，我猜，要是沒有區區在下我吉姆・巴內特插手，那些珍珠必定會如當時不久於人世的亞塞曼男爵所願。您還記得嗎？『珠子流掉了，流進了深淵』，如此一來，他的復仇計畫便大功告成，不過這未免可惜了一條精緻又值得典藏的項鍊！」

薇樂莉並非不懂控制脾氣的易怒女子，她一向不會讓狂暴情緒左右寧靜平和的心情。但在這會兒，一股無法遏制的憤怒激得她衝向巴內特，甚至想扯住他的領子。

「這等於偷竊！這個不擇手段的騙子，我早就猜到了，土匪！騙徒！」

年輕的巴內特聽到「騙徒」這個字眼，竟然十分雀躍。

「騙徒……多悅耳啊！」他喃喃地說。

薇樂莉實在克制不住，她滿心憤怒，全身發抖。她一邊在辦公室裡來回踱著大步，一邊大聲說：「我絕對不會容忍這種事！把項鍊還給我，立刻還給我！否則我要報警。」

「喔！眞卑鄙！」他跟著大呼小叫，「碰到我這種忠誠正直的男人，您這種大美人怎麼也會失了優雅的分寸！」

男爵夫人挺起雙肩，命令巴內特：「項鍊還我！」

「項鍊本來就是您的呀！難不成您以爲我吉姆．巴內特會趁人之危，洗劫委託人的財物？眞是的，這怎麼可能！巴內特偵探社一向秉持公正無私的服務態度，所以才如此聞名遐邇、聲譽卓著。一毛錢都不必收！我從來沒向任何委託人收過錢的，如果我留下您的珍珠項鍊，我不就成了土匪和騙徒嗎？我是個正直的人。喏，親愛的男爵夫人，您的項鍊在這裡！」

他拿出一個小小的布袋擺在桌上，裡面裝的，正是他一顆顆撿回來的珍珠。

巴內特口中這位「親愛的男爵夫人」頓時呆若木雞，她伸出顫抖的手，一把抓起貴重的項鍊，簡直無法相信自己眼前所見。這傢伙難道會就這樣把東西交出？她突然擔心起來，怕他只是一時良心發現，於是急急忙忙走向門口，一句道謝的話都沒來得及說。

「您何必走得這麼匆促！」巴內特笑著說：「您連數都沒數！總共是三百四十五顆珍珠，全都在這裡，而且這次啊，如假包換。」

「對，對……」薇樂莉說：「我知道。」

「您很確定，是吧？這些的確是您的珠寶商鑑定價值五十萬法郎的珍珠？」

「對，就是同一批珍珠。」

「您敢保證？」

「沒錯。」她的回答簡明扼要。

「如果是這樣，那麼我要向您把珍珠買下來。」

「您要買我的珍珠？這是什麼意思？」

「這是說，您既然失去了所有的財產，勢必得賣掉手上的珍珠。如果您賣給我，我的出價絕對是世上無人能及——我願意出二十倍的價格。也就是說，我出價一千萬，向您買下市價五十萬法郎的珍珠。哈！您這會兒可嚇著了吧！一千萬可不是個小數目。」

「一千萬！」

「正好是——這麼說吧，這個金額正好是亞塞曼男爵遺產的總價。」

薇樂莉在門邊停下了腳步。

「我丈夫的遺產，」她說：「我看不出其中有什麼關聯，您說說看吧。」

吉姆・巴內特一字一句緩緩道來：「簡單幾個字就能解釋清楚。您有兩個選擇，看您是要保留珍珠項鍊，還是想拿遺產。」

「珍珠項鍊？遺產？」她仍不太懂，茫茫然跟著重複。

「老天爺，對啦。您剛剛說過，男爵為這筆遺產前後立了兩份遺囑，第一份對您有利，第二份遺囑的受益人，則是本就已是富豪身家且和老巫婆一樣惡毒的兩位表姊妹。如果第二份遺囑一直沒有出現，那麼原來的第一份遺囑即得以生效。」

男爵夫人沙啞地說：「明天就要取下封條，打開寫字台的抽屜。遺囑就放在那裡面。」

「遺囑可能在寫字台裡，也可能不在。」巴內特笑著說：「依我看，遺囑應當是不在才對。」

「這怎麼可能？」

「非常可能，我甚至敢打包票保證。事實上，我依稀記得我們上次見過面的當天晚上，我利用潛進您丈夫房裡檢查洗手台排水管的機會，在房裡小小參觀了一下。他當時睡得可熟哪！」

「然後，您拿走了遺囑？」她打著哆嗦問道。

「這麼說應該不為過。您說的，應該是這份字跡潦草的文件吧？」

他攤開一張蓋有封蠟的紙張，夫人一眼認出亞塞曼男爵的筆跡，她讀了出來。

本人即銀行家雷翁・約瑟夫・亞塞曼。由於我的妻子仍存有某些無法忘情的往事，我要在此明白表示，我的妻子將不得要求分配我的遺產，並且……

她沒辦法繼續讀下去。夫人的聲音哽咽，癱坐在椅子上，結結巴巴地說：「您偷了這份文件！我不願意成爲共犯！我可憐的丈夫啊，他的遺願必須得達成，一定要這樣！」

吉姆・巴內特的表現十分熱切。

「親愛的夫人啊，您眞是太高尙了！您寧願犧牲自己，也要維護責任，我眞是再同意不過了。但是話說回來，這項責任未免太沉重，那兩位年長的表姊妹憑什麼寡佔一切，讓您獨自爲亞塞曼男爵的小怨小恨付出代價？這算什麼呢？只因爲您年輕時曾經犯下小小的過失，如今就得默默接受如此的不公不義！美人兒薇樂莉應享的榮華富貴竟就這麼慘遭剝奪，從此落魄潦倒！無論如何我都要請您再三考慮，男爵夫人，請您仔細衡量輕重，審愼思考您的做法。如果您選擇了項鍊——我們先把話說清楚，一旦項鍊出了這扇門，男爵的律師在明天絕對會收到這份遺囑，您也會失去遺產繼承權。」

「否則呢，會怎麼樣？」

「否則呢，神不知鬼不覺，這個第二份遺囑根本不存在，而您可以繼承家產。多虧我吉姆，您這一千萬法郎會順利叮噹入袋。」

巴內特的語氣中充滿了冷嘲熱諷。薇樂莉不知該如何是好，她覺得自己彷彿是無情獵人用雙手掐住的獵物，毫無反抗餘地，如果她不將項鍊留給巴內特，第二份遺囑立刻會公諸於世。和這樣的對手交鋒，再怎麼祈禱都無濟於事，他絕對不可能放過她。

吉姆・巴內特走到簾幕後方的隔間待了好一會兒，接著又粗魯無禮地回到前方，像個正在卸妝的演員似的，慢慢擦掉方才塗抹在臉上的乳液。

隨著他的動作，另一張不同的年輕臉孔逐漸露了出來，他的皮膚看起來比原來好，也更健康。他原本戴的領結換成了時髦的領帶，剪裁合身的外套取代原來閃亮亮的老舊外套。巴內特搖身一變，成了一個她沒辦法舉發或出賣的人。他心知肚明，絕對不可能有人舉發他，或是出賣他。薇樂莉不可能有勇氣洩漏出任何有關這個人的隻字片語，就算她面對著貝舒警探也不例外，沒有人敢說出這個祕密。

他向男爵夫人傾過身去，笑著說：「好囉！我知道，您對整件事的看法越來越清楚了。這樣最好！再怎麼說，都不可能有人知道富裕的亞塞曼男爵夫人會佩戴贗品。您的朋友當中，沒有任何人會知道，沒有的。如此一來，您豈不是一舉兩得麼，不但合法繼承了遺產，還可以佩戴一條全世界都以爲是眞品的珍珠項鍊。這不是太完美了嗎？對您來說，生命是不是再次出現了生機，多采多姿又值得熱愛，以您的年紀，不就該如此大膽地享受人生嗎？」

在這個節骨眼上，薇樂莉一點也不想大膽享受人生。她厭惡地瞪了吉姆・巴內特一眼，挺直腰桿站起身來，端出上流社會的貴婦架勢，彷彿從一個不表示歡迎的沙龍中退場般，舉步維艱地走了出去。

她那一小袋珍珠，就留在桌上。

「這就是人們口中的正直淑女嗎？」巴內特雙手交抱在胸前，憤慨地評斷道：「她的丈夫爲了懲罰她過去的放蕩行徑，才會以取消繼承權來做爲懲罰，結果呢，她還是無視於他的遺願，不但愚弄律師，也硬生生地掠奪了老表姊們的財產，太可惡了！非得有人伸張正義不可，讓一切各就各位，回到應有的位置！」

吉姆・巴內特俐落地將項鍊歸回應有的原位——也就是他的口袋深處。接著，在打扮妥當之後，他叼起雪茄，戴上單邊眼鏡，步出巴內特偵探社。

譯註：

①巴黎警界大名鼎鼎的葛尼瑪（Ganimard）探長，作風精明幹練，是羅蘋的死對頭。他曾在《怪盜紳士亞森・羅蘋》（*Arsène Lupin, Gentleman-Cambrioleur*）中識破怪盜偽裝，親手逮住羅蘋，另在《奇巖城》（*L'Aiguille creuse*）中亦與羅蘋有一番纏鬥。

chapter 2

英王喬治的情書

外頭有人敲了敲門。

巴內特偵探社的負責人，也就是巴內特先生本人，正等待著客戶上門，一邊坐在扶手椅上打盹兒。

巴內特回應：「請進。」

他一見來人，立刻熱情地大聲招呼道：「是貝舒警探啊！真高興看到您，親愛的朋友，近來可好？」

不管就衣著或舉止而言，貝舒都和一般警探截然不同。他追求優雅風格，講究長褲上的整燙摺痕，領結打得一絲不苟，連裝飾用的假領都要上漿。貝舒的膚色白皙，身材頎長細瘦，外表看似孱弱，然而他的雙臂健壯，發達的二頭肌彷彿從拳擊冠軍臂膀上拆下，然後不知用了什麼方法，勉強裝在他一身羽量級選手的骨架上。對此，貝舒本人倒是深深引以爲傲。此外，他年輕又充滿活力的臉龐上經常掛著滿足與喜悅的表情，靈活的目光更是不失銳利。

「我剛好經過，」他答道：「我熟知您的作息，所以我對自己說：『嘿，吉姆・巴內特現在不正好在偵探社裡嘛，不妨去坐坐……』」

「順便問問他的意見。」吉姆・巴內特幫貝舒把話說完。

「大概就是這樣吧。」警探只好承認，巴內特敏銳的洞察力總是教他驚訝。

然而，他這次似乎有些遲疑，於是巴內特對他說：「所以，您今天有何貴幹呢？您好像不好開口？」

貝舒拍向桌面——這一拳的力道，徹底展現出他手臂肌肉的力量。

「唉，沒錯，我的確有點猶豫。三次了，巴內特，您以私家偵探的身分，和我這個警探攜手調查過三樁棘手的案件，但是在這三次，我發現您的委託人在結案之後——比方說亞塞曼男爵夫人，似乎都對您心懷怨恨……」

「就好像我藉機敲詐他們似的。」巴內特打斷貝舒的話。

「不，不，我沒有這個意思……」

巴內特拍拍貝舒的肩膀，說：「貝舒警探，您別忘了巴內特偵探社的格言，我提供的是『免費諮詢』。我可以向您保證，您絕對不可能聽到我向委託人開口收費，而我也絕對不會收受任何一分錢。」

貝舒稍微鬆了口氣。

「謝謝您，」他說：「您也瞭解，我有必須遵守的職業道德，在某些情況下，我不能與別人合作。但是，恕我冒昧，您偵探社的資金究竟是來自何處？」

「有幾名慈善家在背後資助，但他們希望保持匿名贊助的方式。」

貝舒沒有繼續追問。

接著，巴內特開口問：「怎麼了，貝舒？您案子的現場在什麼地方？」

「離瑪里不遠。有個叫做傅雪瑞的男人遭人謀殺，您沒聽說嗎？」

「不是很清楚。」

「這我倒不意外，報紙沒有大肆報導，不過這個案子弔詭得很。」

「聽說凶器是把刀，對吧？」

「背後正中央挨了一刀。」

「有沒有在刀子上採到指紋？」

「沒有。凶手肯定是拿紙包住了刀柄，之後再燒毀證據。」

「沒別的線索？」

「什麼都沒有。現場一片混亂，家具全都翻倒了，有張桌子的抽屜也被人撬了開來，但是我們不知道原因，也不知道少了什麼東西。」

「調查進行到哪個階段？」

「這會兒，我們正安排勒伯克和葛杜家的三個堂表兄弟對質。勒伯克是個退休公務員，葛杜三兄弟是最讓人看不起的流氓，專偷農穫和盜獵。這兩造雙方雖然都沒有任何證據，卻互相指控對方是謀殺犯。您要不要和我一起開車過去看看呢？審訊中最能見眞章。」

「走吧！」

「巴內特，恕我多嘴，但負責這件案子的預審法官佛莫里喜歡大家把焦點放在他身上，好讓他早日調到巴黎。佛莫里法官生性多疑又好挑剔，受不了任何一丁點嘲諷。而您啊，在面對司法人員時，卻老愛出口冒犯。」

「貝舒，我向您保證，他絕對會從我這裡得到應有的尊重。」

* * *

在豐丁村中心和瑪里森林之間有一片私人土地，這地方以一圈矮樹林及低牆與森林相隔，傅雪瑞在這裡蓋了幢一層樓的小房子，旁邊設有簡單的菜園。就在八天前，這棟樸實的小屋還有個主人。老好人傅雪瑞是個舊書商，只有在偶爾前去巴黎塞納河畔舊書攤挑書的時候，才會離開他的花園和菜圃。老先生十分節儉，儘管攢了一筆錢，稱得上富有，卻仍然過著簡約的生活。他從來不接待客人，唯一的例外乃是他住在豐丁村裡的朋友勒伯克先生。

命案現場已經重建完成，法官早先盤問過勒伯克，當吉姆．巴內特和貝舒警探下車的時候，法官和檢察官正在花園裡走動。貝舒向看守現場入口處的警員打過招呼，便帶著巴內特往裡走。他們看到預審法官和助理檢察官在牆的轉角邊停下腳步，於是上前會合。葛杜三兄弟正在陳述經過，這三個傢伙都在農場裡幫忙，但除了臉上有著同樣虛僞頑固的表情之外，這三人的五官完全沒有相似之處。

最年長的大哥言之鑿鑿地說：「沒錯，法官先生，我們就是在這個位置翻過牆來幫忙的。」

「你們是從豐丁村過來的嗎？」

「是從豐丁村過來的。我們正準備回去上工，大約在兩點鐘左右，我們還在這附近矮樹林旁邊和丹妮絲大嬸閒聊了幾句哩！我們就是在那時候聽到呼救的聲音。我說：『有人喊救命，聲音是從小屋那裡傳過來的。』」

「您知道嗎？法官先生，如果沒聽錯，那應該就是傅雪瑞老先生的聲音。於是我們拔腿跑過來，翻過這堵牆——老實說，牆上嵌了玻璃，要翻越還眞不簡單，接著，我們穿過花園……」

「當小屋的門打開的時候，你們在哪個位置？」

「就在這裡。」葛杜家的老大說完話，領著一行人走向花壇。

「我們所在的這個位置，離階梯有十五公尺遠。」法官指向小屋入口處，「你們就是在這個位置看到……」

「看到勒伯克本人。我們看得很清楚，就像我們現在清楚地看見您一樣。他從屋裡竄了出來，簡直像在逃命，但勒伯克一看到我們，立刻又躲了進去。」

「您確定看到的人就是勒伯克？」

「我敢發誓！」

「你們也一樣？」法官問另外兩兄弟。

他們也信心滿滿地說：「確定，我們也可以對天發誓。」

「你們不可能看走眼嗎？」

「他在我們家附近住了五年的時間，那地方離豐丁村口不遠。」葛杜家老大代表發言，「我還到他家送過牛奶。」

法官下了道指令，小屋入口處的門打了開來，裡面有個六十來歲的男人面帶微笑走了出來，這位臉色紅潤的老先生身穿栗色亞麻外套，頭上戴了頂草帽。

「勒伯克先生……」葛杜家三兄弟同時開口。

一旁的助理檢察官說：「很明顯，在這種距離內絕對不可能錯認，三位葛杜先生也不可能誤判嫌犯——也就是謀殺犯的身分。」

「那當然，」法官說：「但是他們說的有可能是實情嗎？他們眞的看到了勒伯克先生嗎？我們繼續進行，好嗎？」

大夥兒一起走進小屋，來到一間大廳，這裡頭的牆邊都擺滿了書籍，家具倒是寥寥可數，只有一張抽屜被撬開的大桌，一幅傅雪瑞老先生的側面全身畫像，畫像沒有裱框，這一幅彩色素描看似某個三流畫家用來練習描繪人像輪廓的作品。另外，檢警在地板上擺了個假人充當受害者。

法官說：「葛杜兄弟，你們進到屋裡之後有沒有再看見勒伯克先生？」

「沒有。我們聽到這裡頭有人在呻吟，立刻上前查看。」

「所以，傅雪瑞先生當時還活著？」

「但是他已經很虛弱了。他趴在地上，背後插了把刀，我們跪下來檢查，聽到可憐的老傢伙喃喃地說了些話……」

「你們聽到他說什麼？」

「沒什麼，主要是說出勒伯克先生的名字，而且還一連說了好幾次。他說：『勒伯克……勒伯克先生……』接著老先生在一陣痙攣之後便過世了。我們四處找，但是勒伯克先生人已經離開。他八成是從廚房的窗戶往外跳——因爲那扇窗戶是開著的——然後沿著窗外的碎石小路跑回自己家躲起來。後來，我們三兄弟一起向警方報案，把看到的狀況說了出來。」

法官繼續問了幾個問題，要求葛杜三兄弟清楚陳述對勒伯克先生的指控，然後轉身看向後者。

在這段期間，勒伯克先生一直在仔細聆聽，完全沒有打斷葛杜兄弟的陳述。他的態度依然平靜，沒表現出絲毫憤慨之情。看在旁人的眼裡，勒伯克似乎把葛杜兄弟的故事視為無稽之談，且篤定司法人員不可能認眞看待這番荒唐的言論，對付這種人，連駁斥都顯得多餘。

「您不打算回應嗎，勒伯克先生？」

「該說的都早說過了。」

「您仍然堅持原來的說法？」

「我所堅持的，法官先生，是您和我一樣心知肚明的說法，也就是事件的眞相。您所有詢問過的豐丁村居民都提供同樣的回答：『勒伯克先生從來不會在大白天出門。中午時分，小餐館還幫他送午餐過去。當天下午從一點到四點，他一直坐在窗口邊看書邊抽菸斗。』再說，當時天色晴朗，我家的窗戶是敞開著的，有五個行人——五個喔——路過我家花園時從門口柵欄往裡看，他們全看見我和平日下午一樣待在家裡。」

「晚一點我會再找他們問話。」

「那最好，他們的證詞正足以確認我的陳述。既然我不懂得分身術，那麼我就不可能同時出現在我家和這裡，法官先生，到了那時候，您不得不承認這三個人根本不可能看到我走出小屋的大門，而我的老朋友傅雪瑞先生也沒有在臨終前說出我的名字，這葛杜三兄弟眞是陰險的壞胚子。」

「這下子，您是不是要指控他們爲殺人嫌犯了？」

「哈！這是最合乎邏輯的假設。」

「但是，有位正撿拾柴枝的老人家——丹妮絲大嬸表示她聽見呼救聲的當下，正好在和葛杜兄弟閒聊。」

「她正在和這三兄弟的其中『兩個人』聊天。那麼，第三個傢伙上哪兒去了呢？」

「在不遠處。」

「她看到他了嗎？」

「她是這麼說，但又不太確定。」

「那麼，法官先生啊，您有什麼證據，能確定葛杜家的第三個人在當時不是來到小屋裡，正下手殺害傅雪瑞？您又怎麼能確定，葛杜家另外兩個在附近的兄弟翻過牆來不是為了營救受害者，而是掩住他的嘴不讓他呼救，好完成他們的勾當？」

「如果這樣，他們為什麼偏偏就是要指控您，而不找別人？」

「我有一小塊獵場，這葛杜三兄弟是不知悔改的盜獵之徒。我兩次抓到他們偷獵，舉報了出去，他們因此遭到逮捕而且定罪。今天他們除了報一箭之仇，還想不惜代價反咬我一口，以免自己遭到指控。」

「唔，就像您方才說的，這個假設很合理。可是，他們為什麼要殺害傅雪瑞？」

「這我就不知道了。」

「您猜不出這個被人拉出來的抽屜裡放了什麼東西？」

「我不清楚，法官先生。儘管大家都這麼猜，但我的老朋友傅雪瑞不是什麼有錢人，他把辛苦攢下來的錢都存在一個證券經紀人那裡，沒放在家裡。」

「家裡沒值錢的東西？」

「沒有。」

「他的這些書呢？」

「談不上什麼價值，您自己可以去查證。這是他最遺憾的一件事，他本來想蒐集一些稀有版本或是值得珍藏的古書，但是他的資金不夠雄厚。」

「他曾經向您提過葛杜兄弟嗎？」

「從來沒有。我雖然一心想爲我可憐的好朋友復仇，但是我只說實話，不會造謠生事。」

法官繼續偵訊，對葛杜兄弟提出問題。不過這次的對質並沒有帶來任何結果，法官和檢察官在釐清幾項無足輕重的疑點之後，便回到豐丁村去。

勒伯克先生的土地位在豐丁村界邊上，沒比傅雪瑞先生的土地大多少，花園四周圍著一片修剪得宜的高籬。從正門的柵欄往裡看，可以瞥見一片圓形草地，和一幢粉刷成白色的磚砌房舍。這地方和傅雪瑞先生的小屋一樣，由柵門到主屋門口的距離大約是十五到二十公尺左右。

法官要勒伯克先生坐到案發當時他所坐的位置上。勒伯克先生於是坐到窗邊，腿上放了本書，還叼起了菸斗。

這個環節也一樣，證人不可能看走眼的，任何路過的人只要從鐵柵門往屋裡瞄一眼，就可以清楚地看見勒伯克先生。法官傳來五名證人，這幾個人分別是豐丁村的農夫和店老闆，他們再次確認自己的證詞。看來勒伯克先生在案發當天中午到下午四點之間，一直以相同的姿勢坐在同一個位置，這是毫無疑問的事實，和法官及檢察官這時的親眼所見沒有兩樣。

面對貝舒警探，法官和檢察官絲毫沒掩飾他們的困惑與不解，儘管在場的還有貝舒方才介紹給大家認識的私家偵探巴內特。

法官忍不住說了一句：「眞是棘手啊，巴內特先生，您有什麼看法呢？」

「是啊，您怎麼說呢？」貝舒刻意對巴內特打個手勢，提醒他注意禮節。

剛才，吉姆·巴內特參與了在傅雪瑞先生小屋裡進行的問話及對質，他什麼話也沒說，貝舒曾經幾次徵詢他的看法，也無得到回應。巴內特只管自顧自地點著頭，嘴裡還唸唸有詞。

此時他彬彬有禮地回答：「的確是撲朔迷離，法官先生。」

「可不是嗎？這兩造雙方各執一詞，而且稱得上勢均力敵。勒伯克先生有不可動搖的不在場證據，他聲稱在當天下午沒離開過家門。但是就另一方面來看，葛杜兄弟的陳述似乎也很可靠。」

「您沒說錯，是很可靠。所以說，這其中勢必有一方所述是無恥謊言，耍的是卑鄙的手段。這相貌粗鄙的葛杜三兄弟行徑可疑，有可能是無辜的嗎？臉上總是掛著笑容，態度溫文誠懇的勒伯克先生難道是殺人犯？或是說，在這齣戲裡，我們應該要相信所有演員的臉孔完全符合他們所扮演的角色，勒伯克先生無辜，動手的確實是葛杜兄弟？」

「所以說，」佛莫里法官滿意地說：「您也沒比我們更瞭解案情。」

「喔，有的，我知道的可多著呢！」吉姆・巴內特堅定地回答。

佛莫里法官撇撇嘴，說：「如果是這樣，把您的發現說出來讓我們聽聽吧！」

「時機一到，我絕對會把案情說個明白。只是，法官先生，我要請求您在今天傳喚一名新的證人。」

「新的證人？」

「是的。」

「這位證人叫什麼名字？住在什麼地方？」佛莫里法官一頭霧水。

「我還不知道這名證人是誰。」

「啊？您說什麼？」

佛莫里法官不禁要自問，這位眾人口中所謂「出類拔萃」的偵探是否在譏諷法官大人。貝舒開始焦急了。

吉姆・巴內特遂靠向佛莫里法官，伸手指向十步之外的勒伯克先生，後者全無察覺，仍然在陽台上吞雲吐霧。巴內特輕聲對法官說：「勒伯克先生的皮夾有個祕密夾層，裡面有張四個邊角都打了菱形小孔的名片。新證人的名字和住址就在那張名片上。」

佛莫里法官絲毫不打算採信這個荒誕無稽的說法，貝舒警探卻是完全沒有懷疑。警探連藉口都沒找，便要勒伯克交出他的皮夾，並且從裡頭抽出一張四個邊角上都打了菱形小孔的名片。名片上印著「伊麗莎白．羅凡岱」的名字，以及用藍筆手寫的住址：「巴黎，凡登大飯店」。

法官和檢察官驚訝地對視，貝舒則是興高采烈，而勒伯克絲毫不顯尷尬地大聲說：「天哪！這張名片讓我找了好久！我那可憐的老友傅雪瑞也在找！」

「他為什麼要找這張名片？」

「這個啊，法官先生，我就沒辦法回答了。他應該是想要名片上的地址吧！」

「怎麼會有這四個小孔？」

「這四個孔是我打的，用來記錄我贏的牌局。我們兩個人經常一起打紙牌，我八成是一個不小心，把名片收進了自己的皮夾裡。」

這個解釋聽來自然，也不無道理，於是，佛莫里法官欣然接受。但是，吉姆．巴內特從來沒見過勒伯克，怎麼知道這張名片會出現在勒伯克皮夾的祕密夾層裡？

巴內特什麼話也沒說，他帶著禮貌的笑容，堅持要求法官傳喚伊麗莎白．羅凡岱。法官同意了他的要求。

羅凡岱女士人不在巴黎，八天後才會回來。和吉姆．巴內特這次不甚愉快的會面讓佛莫里法官耿耿於懷，法官因而更加積極地調查本案，然而在接下來的一整個星期當中，調查進度依舊毫無進展。

＊　　＊　　＊

「那天下午，我們和法官在傅雪瑞先生的小屋碰面時，」貝舒警探對巴內特說：「您把他給惹火了。他幾乎要拒絕讓您參與。」

「我該放手不管嗎？」

「不，有新的狀況了。」

「怎麼說呢？」

「他好像做了決定。」

「那好，他的判斷不可能正確，我們可以去看熱鬧。」

「拜託您，巴內特，對法官放尊重點。」

「貝舒，我保證我一定既尊敬又公正。巴內特偵探社提供的是免費諮詢，分文不取，也不會藏私。但是我要告訴您啊，這位佛莫里法官實在讓我不敢領教。」

在勒伯克先生等了半個小時之後，羅凡岱女士搭著車子抵達。

佛莫里法官隨後才到，他神情雀躍，到場後立刻說：「早安啊，巴內特先生。您是不是爲我們

捎來什麼好消息呢？」

「有可能喔，法官先生。」

「哈，我也是，我也是！但是我們得先迅速簡短地詢問證人，您這位證人對案情不會有幫助的，我們只是白白浪費時間而已，真是的！」

伊麗莎白．羅凡岱是一位年長的英國女士，她有一頭銀灰色蓬鬆亂髮，外型怪異，衣裝也毫不講究，她的一口法文和法國人一樣流利，只是一張開嘴巴就滔滔不絕，讓人很難跟得上她的速度。

羅凡岱女士一進門，還沒讓任何人來得及提問，就先以雍容華貴的氣勢說：「可憐的傅雪瑞先生，竟然會遭人謀殺！他是個充滿好奇心的大好人！你們要知道我曉得什麼事，對吧？我知道的不多。我本來想向他買樣東西，可是價錢沒談攏。我徵詢過我兄弟的意見，本打算和傅雪瑞先生再見個面。我的兄弟都是有頭有臉的人物，是倫敦最重要的——你們法國人是怎麼說的？——香料商……」

佛莫里法官試著串連起羅凡岱女士這番絮絮叨叨的說詞。

「您想買的是什麼東西呢，羅凡岱女士？」

「一小張紙——薄薄的一小張紙，我們現在稱這種紙作『半透明薄洋蔥紙』。」

「這張紙有什麼價值？」

「對我來說價值非凡。我錯在不該向傅雪瑞先生說：『親愛的傅雪瑞先生，您可知道，我的曾祖母——人稱美人兒桃樂絲——曾經是英王喬治四世的愛人，她保留下國王寫給她的十八封情書，把信藏在理查森出版的十八冊牛皮裝訂著作當中，一冊藏一封。在我曾祖母過世之後，除了第十四冊作品和裡面的第十四封信之外，家人找出了所有的書。這第十四封信是最有意義的一封信，信裡證明——這一點，我們早就知道了——桃樂絲在生下長子的九個月之前，曾經缺席某個她本該出現的場合。這樣您懂了麼，傅雪瑞先生，找出這封信會讓我們多雀躍！羅凡岱家族正是喬治四世的子裔，是當今國王的堂親！對我們家族來說，這不只是光榮，更會帶來皇室頭銜！』」

伊麗莎白・羅凡岱停下來喘口氣，接著繼續訴說他和傅雪瑞先生之間的交易過程。

「『然後呢，傅雪瑞先生啊，三十年來，我們不但登廣告還四處尋找，最後終於得知理查森的第十四冊作品夾雜在一批書籍當中，在某次公開拍賣會上售出。我急忙趕到塞納河畔找伏爾泰河堤邊的舊書商，但是書商已經在昨天將書轉手賣給您，是他把您的地址告訴我的。』

「傅雪瑞先生把第十四冊作品拿給我看，對我說：『沒錯。』

「『您看，』我告訴他：『第十四封情書就在封底的夾層裡。』

「他看了看，臉色頓時轉白，然後對我說：『您打算出多少錢買？』

「這時候，我才知道自己做了傻事呀，倘若我沒提起這封信，只要出個五十法郎就可以買下這本書。我開價一千法郎，但是傅雪瑞老先生渾身打顫，向我要價一萬法郎；我接受了這個價錢。他喪失了理智，我也一樣。您知道的，這和拍賣會上的情況相同，我們相繼競價，喊到兩萬、三萬……最後，他要求五萬法郎，當時他沖昏了頭，紅著眼大聲喊價：『五萬！一毛都不能少！我要拿這筆錢買下我夢想擁有的書！最精美的書！五萬法郎！』

「他要我立刻付訂金，我立刻開支票給他，並保證一定會回來。接著，他把書放進這張桌子的抽屜裡，用鑰匙鎖好，隨後讓我離開。」

伊麗莎白．羅凡岱繼續補充了一些沒多大必要的細節，不過話說回來，大家也沒認真聽。這時吉姆．巴內特和貝舒警探倒是注意到一件事，他們都發現佛莫里的表情僵硬。不必說，他一定是情緒澎湃，高興到幾乎難以自持。到了最後，他表情誇張，低啞地對羅凡岱女士悄聲說：「羅凡岱女士，總而言之，您要的是理查森第十四冊作品，是嗎？」

「是的，法官先生。」

「書在這裡。」法官用戲劇化姿勢，從口袋裡掏出一本牛皮裝訂的小書。

「怎麼可能！」來自英國的羅凡岱女士激動地大喊。

「就在這裡，」他再次說：「喬治四世的情書不在裡面，否則我早就看見了。但是，如果我知道大家找這本書找了一百年，我一定也能找到裡面夾藏的信。偷了書的人一定就是偷信的人。」

佛莫里法官雙手揹在背後來回踱步，享受著勝利的快意。

突然間，他拍了桌面一下，然後下結論：「我們終於查出謀殺的動機了！有人聽到傅雪瑞先生和羅凡岱女士的對話，並且記下傅雪瑞先生放書的位置。幾天之後，這個人想把書偷出來，過些時日再出售第十四封情書，於是動手殺了人。這個人是誰？是在農場擔任幫手的葛杜嗎？我一直認定他是罪嫌。在昨天的搜索行動當中，我察覺他家中煙囪的鬆動磚塊之間有道奇怪的縫隙。我挖大縫隙，看到裡面藏了一本書，這本書顯然來自傅雪瑞先生的收藏。羅凡岱女士這番讓人意想不到的陳述正好證實了我的推理。我要馬上下令逮捕葛杜三兄弟，這幾個罪大惡極的流氓不但謀殺了傅雪瑞老先生，還想嫁禍給勒伯克先生。」

佛莫里法官一臉嚴肅，伸手向勒伯克先生致意，而後者感動地道謝。接著，法官展現了紳士風度，陪著伊麗莎白·羅凡岱走向座車，然後才摩拳擦掌地大聲說：「怎麼樣，我看這個案子一定會大大轟動，佛莫里法官這下成了口耳相傳的名人。我佛莫里是個有野心和抱負的人，馬上就要邁向首都巴黎了。」

接著，大夥兒一起走向葛杜家，法官稍早已下令要人逮捕這三兄弟，將他們押回家中。這天風和日麗，佛莫里法官一馬當先，貝舒警探和吉姆·巴內特分別走在他的兩側，身後跟著的是勒伯克先生。法官的自滿溢於言表，他嘲諷地開起了玩笑，說：「我親愛的巴內特先生啊，這案子有了完美的收場，是吧？這和您原來的猜測大概截然不同吧！您一直懷疑勒伯克先生，對嗎？」

「我承認，法官先生，的確是如此。」巴內特坦言：「我深受那張該死的名片影響，您知道嗎？在上次對質的時候，我看到這張名片原來掉在傅雪瑞小屋裡的地板上，勒伯克先生悄悄地靠過去，將右腳踩在上頭。他就這麼夾帶著名片離開，出了小屋之後，才偷偷拿下來藏進皮夾裡。從他留在潮濕地板上的右腳鞋印上，我看到鞋底沾了張四角打了菱形小洞的名片。這是因爲他之前不愼把名片遺留在傅雪瑞的小屋裡，但又不想讓我們看到伊麗莎白・羅凡岱的名字和住址，於是耍了個詭計。事實上，還好有這張名片……」

佛莫里法官放聲大笑。

「這眞是太幼稚了，我親愛的巴內特先生！您淨說些毫無意義的話，想讓案情更複雜！您怎麼會犯這種錯誤？知道嗎，我有個原則，巴內特先生，就是『不要自尋煩惱』。事實所提供的證據足以讓我們滿意了，沒必要想盡辦法，刻意拿這些證據來迎合我們的預設立場。」

一行人離勒伯克的住處越來越近。在抵達葛杜家之前，他們得先經過勒伯克家。佛莫里法官挽起巴內特的手臂，繼續和善地發表辦案心理學的長篇大論。

「您的最大錯誤，巴內特先生，在於您拒絕承認一個最基本且最不可改變的事實，即一個人不可能同時出現在兩個地方。事實擺在眼前，坐在窗邊抽菸斗的勒伯克先生不可能同時間到小屋裡去殺害傅雪瑞先生。您瞧，勒伯克先生走在我們後面，不是嗎？他家的柵門離我們只有十步之遙，對不對？就這麼一回事囉，奇蹟不可能發生，勒伯克先生不可能同時走在我們的身後，又出現在他家窗口。」

這時佛莫里法官忽然跳了起來，驚訝地大喊出聲。

「發生什麼事？」貝舒問。

他伸手指向勒伯克家。「那裡……那裡……」

穿過柵欄往裡看，在草坪的另一頭，也就是約莫二十公尺之外，勒伯克先生正坐在敞開的窗口抽菸斗……但是，勒伯克先生不正跟在後頭，和大家一起走在人行道上嗎？

太恐怖了！這是幻覺還是幽靈？令人難以置信，他們太相像了！是誰在裡面假冒？這會兒，佛莫里法官還拉著如假包換，眞正的勒伯克的手臂啊！

貝舒拉開柵門往裡頭跑，佛莫里法官跟在後頭，衝向不可思議的人影，他大聲問話威脅，但是裡面的人毫無反應，一動也不動。當然啦，這人影怎麼可能會有反應或動作呢？他們靠近一看，發現放在窗口的是一幅與窗戶同樣大小的側面人像畫，畫作的筆法和前幾天他們在傅雪瑞小屋裡看到的人像如出一轍，只是主角換成了抽菸斗的勒伯克先生。

佛莫里法官回頭看勒伯克，這位原本面帶笑容、態度溫和、長了個酒糟鼻的勒伯克承受不住這出乎意料之外的一擊，頓時癱軟崩潰。他嚎啕大哭，直接認罪：「我一時昏了頭……我不是故意的。我只是想和他平分那筆錢，但他拒絕了我的要求，我才會失去理智……我不是有意要下手的……」

他住口不再說話，在這段沉默之後，吉姆・巴內特用尖酸刻薄的語氣挖苦道：「唉！您怎麼說呢，法官先生？您所保護的這個勒伯克眞是個惡毒的傢伙啊！而且還懂得安排不在場證明！遠遠看到這樣的布置，若沒特別去注意，每天打這裡經過的農夫怎會懷疑到這不是勒伯克先生本人呢？至於我呢，我則是打從第一天看到傅雪瑞先生的畫像，就起了疑心，猜想同一位畫家會不會湊巧也幫傅雪瑞先生的好朋友勒伯克先生畫了張側面像呢？於是，我開始尋找。沒過多久，志得意滿的勒伯克先生確定我們笨到不可能識破他的伎倆，把畫捲了起來，藏放在雜物間角落一堆不再使用的工具下面。今天稍早，當他離開家去接受問話的時候，我把畫像掛回到窗口來。這就是如何在同一時間到小屋裡犯下殺人案，還可以一邊在家裡抽菸斗的方法！」

吉姆．巴內特的態度冷酷，尖銳的言語聲聲刺痛了不幸的佛莫里法官。

「原本正直的人怎麼會犯下這種罪孽！唉，拿名片的四個邊角來記錄牌局點數，這眞是個無懈可擊的說詞啊！還有，他在那天下午——不知道我跟蹤在後——把書本塞進葛杜兄弟家煙囪的縫隙這個舉動也稱得上高明。另外，就是他寄給您的匿名信！我猜，就是那封信讓您破案的，是嗎？法官先生！狡猾奸詐的勒伯克啊，你端起一張正直的老臉，還眞是讓我欣賞了一齣好戲。卑鄙的傢伙，滾到一邊去！」

佛莫里法官臉色蒼白，默默地看著勒伯克，最後他喃喃地說：「果然是這樣……他的目光虛偽，態度阿諛奉承——眞是個敗類！」隨即一股突發的怒意衝了上來。「沒錯，敗類！等著看我怎麼處置你！那封信呢，第十四封情書在哪裡？」

勒伯克無力反抗，結結巴巴地回答：「左邊房間的牆邊掛著根菸斗，就放在裡面。菸斗裡面不是眞正的菸灰……信就在裡面……」

大夥兒急忙走進左側的房間。貝舒隨即取下菸斗，倒出裡面的菸灰。然而菸斗裡什麼也沒有，也沒看到信，這讓勒伯克大惑不解，更讓佛莫里法官立即陷入狂暴的情緒中。

「扯謊的騙徒！可惡！看著好了，你最好全說出來，混蛋傢伙，把信交出來！」

這時候，貝舒和巴內特四目交接。巴內特笑了，而貝舒則緊握住拳頭。貝舒這才明白巴內特偵探社爲什麼有本事特立獨行，不收取費用，眼前一切說明了吉姆・巴內特爲什麼可以化身正義使者，在不收受委託人任何一分錢的條件下，仍能夠自由自在地當個私家偵探。

貝舒靠向巴內特，低聲說：「閣下眞是神通廣大，不愧是亞森・羅蘋。」

「什麼？」巴內特故作天眞地問。

「您偷走了信。」

「啊，這是您的猜測嗎？」

「老天哪，眞是該死！」

「還能怎麼辦呢，我就是愛收藏英國國王的親筆信啊。」

三個月之後，一名風度翩翩的紳士到倫敦去拜訪伊麗莎白・羅凡岱女士，信誓旦旦地表示自己有辦法取得英王喬治的情書，開口索價十萬法郎。討價還價的過程十分冗長，伊麗莎白詢問過她的兄弟，也就是倫敦最重要的香料商，在一番交涉之後，羅凡岱家族終究讓步了。

這位風度翩翩的紳士除了十萬法郎之外，還帶走了滿車的高級香料。從頭到尾，沒有人知道他究竟打從何來……

chapter 3

百家樂賭局

吉姆．巴內特才步出車站，就看到了貝舒警探。警探勾住他的手臂，領著他疾速往前走。

「沒時間了，情況隨時可能有變化。」

吉姆．巴內特就事論事說：「假如您能先告訴我是什麼狀況，我應該比較能體會閣下的痛苦。我一接到電報便立刻趕過來，連最基本的資訊都不清楚。」

「我就是不想先告訴您。」警探回答。

「這麼看來，貝舒，您已經放下對我的猜疑了，是嗎？」

「我無時無刻不防著您，巴內特，而且隨時注意巴內特偵探社如何向委託人收取費用。但是，我親愛的好朋友啊，今天的案子沒有這等好處，這回您真的得提供免費服務了。」

吉姆・巴內特吹起了口哨，貝舒這番話似乎沒有影響他的好心情。貝舒斜眼看著他，心裡卻開始焦急，似乎在想：「你這個好傢伙，如果我不需要你幫忙有多好！」

兩人來到站前廣場，看到不遠處有輛汽車正等在外側。車裡有一位面貌姣好的女士，她表情哀淒，臉色蒼白得嚇人，雙眼還含著淚，緊抿的嘴角流露出惶惶不安的情緒。她一見到兩人便隨即推開車門，貝舒介紹雙方認識。

「夫人，這位是我向您提過的吉姆・巴內特，是唯一能拯救您的人。巴內特，這位是福吉瑞夫人，福吉瑞先生是工程師，目前面臨檢方控訴。」

「控訴什麼罪名呢？」

「謀殺罪。」

吉姆・巴內特輕輕地咂個舌，這引起了貝舒的不滿。

「請原諒我這個朋友，夫人，案情越嚴重，他就越顯得輕鬆。」

汽車駛向盧昂的河堤，左轉之後在一幢大宅前停下來。這棟大宅的四樓是諾曼第俱樂部所在。

「就是這地方，」貝舒說：「盧昂及鄰近地區的工商大老經常聚在這裡聊天、看報紙，或是打打橋牌、撲克，特別是星期五，因爲那天是每週股市交易的最後一天。在中午之前，這地方除了僕役之外不會有人進來，所以我有足夠的時間把整個案情經過交代清楚。」

建築物的正面有三間大廳，廳裡的家具看來頗是舒適，地上也鋪了地毯。其中的第三間大廳旁有間相通的圓形小房間，房裡唯一的落地窗通向寬敞的陽台，站在這裡看出去，眼前即是塞納河岸美景。

一行人坐了下來，福吉瑞夫人挑了離兩位男士稍遠的靠窗位置坐了下來。

貝舒開始敘述道：「幾週之前的星期五，四個諾曼第俱樂部會員在酒足飯飽之後來到俱樂部玩撲克牌。這四個會員是朋友，同樣都是盧昂附近馬洛姆工業區的紡織廠老闆。其中三人已經娶妻生子，他們分別是亞菲・歐瓦、勞爾・杜賓和路易・貝廷尼，俱是地方上頗受矚目的人物；第四個人還是單身漢，年紀也比較輕，叫做馬辛・杜耶。接近午夜時分，另一名年輕多金，光靠利息就足以悠哉度日的保羅・厄斯坦也加入了戰局。到了這時候，三間大廳裡的人漸漸散去，這五個人於是玩起了百家樂。正在興頭上的保羅・厄斯坦十分熟悉百家樂的規矩，所以扮起莊家。」

貝舒指向屋裡的一張桌子，繼續說：「這張就是當時使用的牌桌。一開始，玩家都還算冷靜，大夥兒不過想消磨時間罷了，但在保羅・厄斯坦點來兩瓶香檳之後，牌局開始熱絡了起來。而且，從那一刻起，莊家牌運大好，運勢旺到讓其他人開始覺得不公平，甚至開始惱怒。當保羅・厄斯坦需要九點的時候，就立刻會拿到一張九。其他幾個人在氣憤之下紛紛加碼跟進，然而運勢卻沒有因此而逆轉。這場瘋狂豪賭帶來什麼結果呢？凌晨四點左右，馬洛姆工業區的幾名老闆，把自己帶到盧昂來那筆準備支付員工薪資的款項，全輸個精光。此外，馬辛・杜耶另外還在口頭上向保羅・厄斯坦借了八萬法郎。」

貝舒警探停下來喘口氣，接著才繼續說：「突然間，出現了一個戲劇性的變化。大家不得不承認這的確太讓人感到意外。善良無私的保羅・厄斯坦突然做出驚人之舉，他把所有贏來的錢依四名牌友不同的輸牌金額分成四份，再各分成三疊，提議大夥兒再賭最後三局決勝負。這一來，也就是說：每疊鈔票所帶來的結果不是全輸，就是加倍贏回賭金。大家全接受了這個提議。這次，牌運終於逆轉，保羅・厄斯坦三局皆輸，但經過一整晚的牌戰，他倒是沒有輸贏。

「保羅・厄斯坦站起身來，說道：『這樣最好，只不過我有點失了面子。唉，真是的，我頭痛起來啦。有沒有人要一塊到陽台上抽根菸？』

「於是，他走進了圓形房間。幾分鐘過去了，其他四名會員仍然聚在牌桌旁閒聊，回憶牌局精采的過程。隨後，他們也準備離開俱樂部。一行人穿過前面的兩間大廳，不忘提醒在前廳打瞌睡的僕役。『約瑟夫，厄斯坦先生還在裡面，但是他應該也快回家去了。』

「他們在四點三十五分離開俱樂部。和過去的每個週五夜相同，亞菲・歐瓦用車將大家載回馬洛姆。至於約瑟夫呢，他足足等了一個小時，最後實在守夜守累了，便進到廳裡去找保羅・厄斯坦。約瑟夫發現保羅・厄斯坦蜷著身軀倒在圓形房間裡，一動也不動，已經沒有了氣息。」

貝舒警探再次停住，這時福吉瑞夫人低下了頭。吉姆・巴內特和貝舒一起走進獨立的圓形房間裡查看。

巴內特說：「貝舒，現在您就直說吧，檢警在調查後發現了什麼線索？」

「他們發現，」貝舒回答：「保羅．厄斯坦的太陽穴遭到鈍器一記重擊。這地方沒有任何打鬥痕跡，唯一的線索是保羅．厄斯坦的腕錶撞壞了，時間停在四點五十五分，也就是在牌友離開的二十分鐘之後。同樣的，他們也沒找到遭竊的證據，因爲戒指、鈔票都還在，俱樂部裡亦沒有其他物品遺失。總之，我們找不出外人入侵的跡象，而且，約瑟夫一直沒離開崗位，不可能有人從前門闖進來。」

「這麼說，」巴內特說：「一點線索也沒有？」

「有！」貝舒稍有猶豫，之後才說：「其實是有，有個明顯的線索。那天下午，我盧昂的同僚向法官提起，說這個圓形房間的陽台和隔壁建築物的四樓陽台十分靠近。於是檢警轉而調查隔壁的住戶。隔壁建築四樓住的是工程師福吉瑞，他當天早上出了門，不在家，由福吉瑞夫人帶檢警人員到丈夫的房間查看。那房間的陽台和俱樂部圓形房間的陽台正好相鄰。您過來看看，巴內特。」

巴內特靠了過去，說：「距離只有一點二公尺，是滿容易爬過來，但是沒任何證據顯示有人從這裡爬過來啊！」

「有的，」貝舒確認道：「欄杆上有一排種花用的木箱，裡面還留著去年夏天用的土。其中一個——離這陽台最近的那個木箱的土剛被翻動過，我們在裡面找到一個手指虎，上面只覆蓋了薄薄的一層土。法醫確認，這樣武器所造成的傷痕正好和受害者的傷口吻合。金屬手指虎上沒採集到指紋，因爲當天從早上開始，雨直下個不停。但是檢方決定就此來起訴福吉瑞，指這名工程師看到保羅・厄斯坦走進亮著燈的圓形小房間，於是爬過陽台，殺害厄斯坦，然後將武器藏在木箱裡。」

「犯罪的動機呢？他本來就認識保羅・厄斯坦嗎？」

「不認識。」

「這不就結了？」

貝舒打了個手勢，福吉瑞夫人早已走了出來，站在一旁聆聽巴內特發問。她痛苦的面容顯得更緊繃了，很明顯的，她努力忍住，不想讓淚水從數日未闔的雙眼落下。

「先生，這要由我來回答。我盡量簡短，也會據實以告，您聽了之後，就會知道我為什麼會這麼驚慌。不，我的丈夫不認識保羅・厄斯坦——可是我認識。我曾經在一個住在巴黎的密友家中見過厄斯坦先生幾次，他立刻表明想追求我的意圖。我深愛我的丈夫，而且明瞭做妻子的本分，因此我努力克制衝動，回絕了保羅・厄斯坦。但是，之後我曾經在附近鄉間和他碰過幾次面。」她說話時，嗓音顫抖。

「您是不是寫了信給他？」

「是的。」

「這些信在他家人手中？」

「在他父親手中。」

「他父親一心想為兒子復仇，於是威脅您，表示要把信交給司法單位？」

「是的。這些信件雖足以證明我們之間沒有任何曖昧關係，但也證明我曾經瞞著丈夫與他見面。尤其，我在其中一封信上曾經寫道：『保羅，我要請求您理智行事。我的丈夫嫉妒心強、脾氣也大，如果他懷疑我言行輕率，任何事都做得出來。』先生，您看，這封信是不是讓司法單位更加確信他們的指控？妒意會成為謀殺的動機，並且足以解釋殺人凶器為何會出現在我丈夫房間外面的陽台上。」

「但是，您呢？夫人，您確定福吉瑞先生完全沒對您起疑？」

「完全沒有。」

「而您也確定他無辜？」

「啊，絕對無辜！」她激動地回答。

巴內特看進了她的眼底深處，終於明白，就是這名女子所秉持的信心打動了貝舒，使得警探不顧擺在眼前的事實，無視司法單位的判斷，並且放下職業上必須有的審慎，來向巴內特尋求協助。

巴內特繼續提了幾個問題，接著沉思了好一會兒，才作出結論：「我無法帶給您任何希望，夫人，照邏輯推斷，您的丈夫應該有罪。儘管如此，我會試著跳脫邏輯……」

「請您和我的丈夫見個面，」福吉瑞夫人懇求巴內特，「聽聽他的說法，說不定他的解釋可以讓您……」

「沒必要，夫人。如果我不是一開始就排除您丈夫涉嫌，而且還相信您的看法，那麼，我便不會出手協助。」

這次的會面就這樣結束了，巴內特毫不遲疑，立即加入戰局。貝舒警探陪著他去見受害者的父親，巴內特直接了當地對老厄斯坦說：「先生，我受福吉瑞夫人的委託來見您。您是不是打算將她寫給令郎的信件交給司法單位？」

「我今天就要拿過去，先生。」

「您難道不擔心這會牽連，甚或傷害到令郎深愛的女人嗎？」

「如果這女人的丈夫謀殺了我的兒子，我會為她感到遺憾，但我至少可以為自己的兒子伸張正義。」

「先生，請您再等五天。下星期二，我會讓凶手現形。」

在這五天裡，吉姆・巴內特做了好些讓貝舒百思不得其解的事。他親力執行了不少異乎尋常的步驟，而且要求貝舒配合。此外，他還動員數名手下四處打探，也花了不少錢。然而巴內特似乎沒能得到滿意的結果，他一反常態，整個人悶悶不樂，心情低落。

巴內特在星期二早上去見了福吉瑞夫人，對她說：「貝舒取得法官同意，一會兒之後，要重建案發當夜的現場，重現曲折的牌局。您的丈夫將會到場，您也要來。我得懇求您，不管發生什麼事都得冷靜，甚至要表現出冷漠的態度。」

她喃喃地說：「我能懷抱希望嗎？」

「這連我自己都不知道哩，我上次說過我『相信您的看法』，也就是說，我相信福吉瑞先生是無辜的。我要透過一個可能的假設試著來證明他的清白，不過，這不會太容易。就算我已經推斷出實情——至少，我是這麼想——但是，整件案子可能會拖到最後一秒鐘才眞相大白。」

負責審理本案的檢察官和預審法官都是認眞的人，他們依循手上的證據斷案，不會本著先入爲主的觀念來曲解事實。

「面對這兩個人，」貝舒說：「我不擔心你們會起爭執，也不認爲您會出言不遜。巴內特，您別忘記一件事，他們對我十分友善，方便我依照我的方式——或者我該說是您的方式來行事。」

「貝舒警探，」巴內特回答：「除非我篤定自己勝券在握，否則哪敢出言不遜。但是，今天的狀況可不是這樣。」

第三間大廳裡擠進了不少人。法官和檢察官聚在圓形房間的門口交談，先是走進了房裡，一會兒之後才又走了出來。在旁邊，有一群工商界人士同樣正等待著。警探們來來去去，保羅·厄斯坦的父親站在一段距離之外，俱樂部的服務人員約瑟夫也在場。福吉瑞夫婦則站在角落裡，一臉嚴肅的福吉瑞先生看來十分焦慮，而夫人顯得比平常更蒼白，他們知道法官打算逮捕福吉瑞先生。

法官走向四名當時一起打牌的會員，對他們說：「各位先生，今天的調查進度乃是要重建案發那個星期五晚上的現場。麻煩諸位到桌邊，坐回當時的位置，模擬當時百家樂牌局的狀況。貝舒警探，就由您擔任莊家吧，您是否已通知過這四位先生，請他們帶來和事發當時金額相同的錢？」

貝舒明確地答覆，然後坐到賭桌後。亞菲・歐瓦和勞爾・杜賓坐在他的左側，路易・貝廷尼和馬辛・杜耶則在他的右手邊就坐，桌上總共擺了六副撲克牌。貝舒開始洗牌。

詭異的情況發生了，和悲劇發生當晚相同，賭局一開始，莊家的牌運奇佳。貝舒和保羅・厄斯坦這兩名莊家一模一樣，輕輕鬆鬆成了贏家。莊家拿到的全是八點或九點的天牌，兩旁的牌友淨是補到些小點數的牌，莊家運勢如虹，完全沒有轉弱，輕鬆贏得了第一局。

莊家彷彿施了妖術一般，牌運全無變化。現場氣氛緊張了起來，這簡直是舊戲重演，牌桌上的賭客開始惶恐，馬辛・杜耶在驚慌失措之下，一連出了兩次錯。吉姆・巴內特失去耐心，強行換下馬辛，坐到了貝舒的右手邊。

在十分鐘之內（這是因爲牌局進行得太快，速度絲毫沒有減緩），這四個好朋友已經從皮夾裡掏出超過半數的鈔票，堆在貝舒面前的綠色桌毯上，吉姆・巴內特則幾乎輸光了馬辛・杜耶帶來的錢。

牌局進行的速度越來越快，最高潮時刻即將出現。突然間——就跟保羅・厄斯坦的做法相同——貝舒將贏來的錢依輸家不同分成四份，同樣也提議來三局「加倍贏回或輸個精光」，以決勝負。

牌桌邊的幾個人瞪著貝舒看，顯然清楚記得事發當晚的情況。

這三局仍由貝舒擔任莊家。

然而，貝舒在這三局當中並沒有如同保羅．厄斯坦一樣輸牌，而是三局皆贏。

在場的人都吃了一驚。爲什麼運勢仍然落在莊家身上，沒有逆轉，也沒有將那天奇蹟般的牌局一路重演到底呢？如果大家跳脫已知眞相，去正視另一個局面，那麼他們是不是該相信這場牌局才是眞實版本？

「眞是不好意思啊。」貝舒依舊扮演著莊家的角色，在收下桌上的四疊鈔票之後，他站起身。他和保羅．厄斯坦相同，開始抱怨頭痛，隨口問在場是否有人願意陪他到陽台。他自顧自地走了出去，點了根香菸。透過圓形房間的門口，大家看著他的舉動。

牌桌邊的幾個人臉上表情僵硬，絲毫沒有動彈。撲克牌散落在賭桌上。

接著站起身的，是吉姆．巴內特。這一幕儼若奇觀，不管就面容或身型舉止也好，巴內特成功地模仿了方才他在牌桌上取代的馬辛．杜耶。馬辛是個三十出頭的年輕人，穿著合身的外套，下巴上的鬍渣剃得乾乾淨淨，鼻梁上架著金邊眼鏡，神情病弱又焦慮。巴內特精準掌握了這些特點。他彷彿無意識地邁開腳步，緩緩地朝圓形小房間走過去，臉上的表情忽而冷酷、忽而猶豫膽怯，一個臉上流露出這種神色的人極有可能做出駭人舉動，但也有可能在動手前便先洩了氣而逃之夭夭。

牌桌上的幾個人看不到巴內特的臉，可法官和檢察官都看到了。在巴內特精湛的模仿之下，大家全忘了這個人是吉姆．巴內特，他們只能把這個人當作是離開牌桌正要去陪伴贏牌莊家的馬辛．杜耶。他的目的何在？儘管他努力控制自己面部表情，但仍不免洩露出他內心的掙扎。他究竟是想去懇求、去命令，還是去威脅保羅・厄斯坦？當他走進圓形房間的時候，他仍然力圖冷靜。

他重新關好門。

現場狀況的模擬——姑且不論這一幕是出自想像抑或眞相重建——是如此的活靈活現，大夥兒不禁屏息等待。三名牌客也同樣在等候，他們的目光沒有離開緊閉的房門，門後上演的，正是悲劇夜當晚的情景；門後的人不再是扮演殺人犯和受害者的巴內特和貝舒，而是正面交鋒的馬辛・杜耶和保羅・厄斯坦。

在漫長的幾分鐘之後，殺人犯（難不成還有別的稱呼？）走了出來。他步履蹣跚、眼神狂亂地回到了朋友身邊，手上拿著方才的四疊賭金。他將其中一疊賭金往牌桌上一扔，把其他三疊分別塞進三名牌友的口袋裡，然後說：「我剛剛和保羅・厄斯坦談過了，他託我把這些錢還給你們，他不收。我們走吧！」

離他四步之遠的馬辛・杜耶——眞正的馬辛・杜耶臉色灰敗，伸手扶住了椅背。

吉姆・巴內特對他說：「是這樣沒錯吧，馬辛・杜耶先生？這一幕該有的重點全都重現了，對嗎？我是不是完美詮釋了您當晚的一舉一動呢？我是不是犯下了罪行——犯下您的罪行？」

馬辛・杜耶似乎無法承受這番話，他低下頭擺晃著手，像極了旁人呼口氣就可以吹倒的假人。他的身子搖搖晃晃宛如醉漢，最後雙膝一軟，癱坐在椅子上。

巴內特衝上前，一把揪住他的領口。

「您承認了吧？除此之外，別無可能。我掌握了所有的證據，手指虎便是，我敢說您一定隨身攜帶著手指虎。另外，這次輸得一敗塗地的賭局也摧毀了您。沒錯，我調查過，發現您的事業岌岌可危，您手上的錢即將用竭，月底將陷入周轉困難的窘境。一切都毀了！於是……於是您痛下毒手，在慌亂之下，翻過陽台將凶器埋進木箱的泥土裡。」

巴內特毋須動手，因爲馬辛・杜耶絲毫沒有反抗。謀殺這等重罪早已壓垮了杜耶，幾個星期以來，他一直擔負著沉重的壓力，他情不自禁，結結巴巴地說出了眞相認罪，這番話甚至沒比垂死前的囈語來得清楚。

大廳裡的人開始鼓譟，預審法官靠上前來記下馬辛・杜耶不由自主說出口的供詞，保羅・厄斯坦的父親想撲向這個殺人嫌犯，工程師福吉瑞憤怒地嘶吼。然而，最激動的無非是馬辛・杜耶的幾個朋友，其中最年長、地位也顯要的亞菲・歐瓦出口痛斥杜耶的惡行。

「你這個可悲的惡棍！你讓我們相信可憐的厄斯坦自願把賭金拿還出來，沒想到你殺了他，還偷了錢！」

他將一整疊賭金扔向馬辛・杜耶的臉，另外兩名牌友則憤怒地踐踏這些令人不齒的鈔票。

一會兒之後，廳裡的秩序慢慢恢復。檢警人員將幾乎昏厥且全身打顫的馬辛・杜耶帶到另一間大廳裡。一名警探撿起地上的賭金，交付給法官。法官先讓福吉瑞夫婦及厄斯坦老先生離開現場，接著向吉姆・巴內特致意，誇讚他敏銳的判斷。

「馬辛・杜耶的徹底崩潰，」他說：「不過是這場悲劇最尋常的一個部分。然而這個案子的出奇之處，也就是讓這個案子如此神祕難解的癥結，則繫於另一件截然不同的事。呃，這雖然不干我的事，但是，請各位容我……」

吉姆・巴內特轉身走向三位正低聲交談的紡織廠大老闆，他靠上前，拍了拍歐瓦先生的肩膀。

「歐瓦先生，我可以和您說句話嗎？我相信您一定可以爲我們澄清某個混沌不明的環節。」

「關於什麼事呢？」亞菲・歐瓦問。

「有關你們在本案所扮演的角色，您，以及您的朋友。」

「但是我們並未牽扯在內啊！」

「不，你們所扮演的，當然是極具決定性的角色。讓我提醒您，這其中有幾個令人困惑的矛盾之處。在牌局的第二天，三位宣稱『贏得』了這場百家樂的最後三局，這一來，也抵銷了之前輸掉的賭金，所以你們才得以輕鬆地離開俱樂部。然而您的說法卻和事實有所出入。」

亞菲・歐瓦搖頭反駁：「這是誤會。事實上，最後三局只讓我們賠得更慘。保羅・厄斯坦起身離開的時候，馬辛似乎還能自持，他跟在厄斯坦身後走到圓形房間去抽菸，我們三個人則是留在大廳裡聊天。馬辛在大約七、八分鐘之後回來，向我們表示保羅・厄斯坦本來就沒把這場牌局當眞，而是當作在香檳微醺影響之下的模擬牌局。他早有打算，要在我們事先不知情的條件下歸還賭金。萬一眞有人問起，就說我們在最後這三局把賭輸的錢全補了回來。」

「你們竟然能接受！接受這種憑空而來、名不正言不順的餽贈？」巴內特大聲質問：「而且，在接受好處之後，你們沒跟保羅．厄斯坦道謝？再者，保羅．厄斯坦當時手氣正旺，這種冷靜又看慣輸贏的博奕高手不趁勝追擊，你們難道一點也不覺得奇怪？簡直不可思議！」

「那時候已經是凌晨四點了，我們早就昏了頭。馬辛．杜耶沒讓我們有考慮的時間，何況我們根本不知道他殺了人又搶了錢，怎麼可能會懷疑他？」

「但是，到了第二天，你們全知道保羅．厄斯坦遭人殺害洗劫，對吧？」

「沒錯，但他是在我們離開之後才遭到殺害，這不會影響到他先前的提議。」

「你們對馬辛．杜耶沒有絲毫的懷疑？」

「我們有什麼資格懷疑他？他是自己人，我和他父親是好朋友，我在他小時候就已經認識他了。不，我們完全沒有懷疑他。」

「你們就這麼確定？」

吉姆．巴內特說話的口氣中充滿了嘲諷。亞菲．歐瓦猶豫了幾秒鐘，接著，他高傲地反擊：「先生，您提出這些問題簡直像是審訊一樣。今天找我們過來，是把我們當作什麼人了？」

「就審訊的角度來看，你們是證人，但是依我看……」

「依您看怎麼樣？」

「歐瓦先生，容我爲您解釋。」巴內特冷靜地說下去，「事實上，你們利用了人性，也就是人與人之間的互信來操弄了整件事。其實，犯罪的有可能是自己人，也有可能是外人。這件案子一開始就朝外人下手這個方向進行，理由是：原則上，沒有人會去懷疑四名正直可敬、家道富裕、聲譽卓著無瑕的工商界菁英。如果你們其中一人，或如果馬辛・杜耶獨自與保羅・厄斯坦對賭，那麼無庸置疑，檢警絕對會盯上他；但是你們是四個人，而馬辛也在三名朋友的緘默之下暫時得到解救，任何人都不會想到你們這三位舉足輕重的人士可能是共犯。然而，事實偏偏是如此，我從一開始就發現了。」

亞菲・歐瓦顯然非常震驚。

「先生，您瘋了嗎？我們怎麼會是殺人共犯呀？」

「喔，這倒不至於。當馬辛・杜耶跟在保羅・厄斯坦身後走進圓形房間的時候，你們顯然不知道他的意圖，但是你們知道他當時的精神狀況不穩定。到了他回到大廳來的時候，你們就已經明白有事發生。」

「我們什麼都不知道！」

「你們一定知道裡面發生了暴力事件，也許還稱不上暴力犯罪，但他們總不可能在裡面閒聊吧。我再次重申，是暴力事件，馬辛・杜耶因此才能把你們的錢帶回來。」

「一派胡言！」

「的確是這樣沒錯！像你們的朋友馬辛・杜耶這麼懦弱的人，不可能在犯下殺人罪行之後，仍

表現出不驚不懼的態度。當他從犯罪現場回到大廳的時候，你們也不可能忽略他的神情。」

「我向您保證，我們什麼都沒看到！」

「你們是不願意看。」

「這話怎麼說？」

「因爲他將你們輸掉的錢歸還到你們手上。沒錯，我知道三位都很富有，但是這次的百家樂賭局讓你們喪失了理智。你們和所有的賭徒一樣，覺得自己遭人詐騙，於是，當你們拿回這筆錢的時候，自然不願意正視杜耶用什麼辦法索回賭資，反而是立刻接受。你們不顧一切地保持緘默。那天晚上你們搭車回到馬洛姆，原本大可利用搭車時間討論個完美的共同說法來確保自身安全，但是在車裡，你們之中無人吭聲，一句都沒說，這點，我已經向您的司機求證過。而在命案發生第二天，甚或在接下來的幾天裡，你們還刻意避不見面，因爲你們太害怕，不想知道彼此有什麼想法。」

「這全是假設！」

「是確切的事實！我仔細調查過你們身邊的人、事、物。如果你們揭發朋友，無疑是承認了自己的軟弱，也等於把外界的目光引到自己和家人的身上，在你們光榮——或不光榮的過去蒙上陰影，這會是難堪的醜聞。但如果你們什麼都不說，那麼就可以欺瞞司法，讓你們的朋友馬辛·杜耶不必受到制裁。」

巴內特以強硬聲勢指控，將案情解釋得無比生動，在這一剎那，亞菲·歐瓦也不免有所遲疑。

然而，出乎眾人的意料之外，這時吉姆・巴內特態度不變，沒有趁勝追擊。他露出笑容，說：

「您放心吧，先生。我成功擊潰您朋友馬辛的心防，因爲他是個脆弱的人，良知備受煎熬。因爲我稍早時已在撲克牌上動過手腳，讓莊家得勝，也因爲一場模擬罪行的演出，讓他瞬間崩潰。但是，我沒有掌握到針對他犯罪的更多證據，對你們也相同。況且你們不是容易被擊倒的人，再說——我得再次重申，你們的共犯意圖不確切也沒有根據，已經是難以檢視的範疇。所以，你們不必擔心。只不過……」

他傾身靠向亞菲・歐瓦，面對面地告訴他：「只不過，我不想讓你們這麼輕易地得逞。由於你們的緘默和奸巧，你們三個人全都盲目且有意無意的成了本案的共犯，我完全不能接受這種事。摸摸你們的良心，你們絕對不能忘記自己曾經以某種方式參與過惡行，假設你們當初開口勸阻馬辛・杜耶，不讓他跟著保羅・厄斯坦走進圓形房間，那麼保羅・厄斯坦也不會枉死。如果你們坦白說出自己所知，馬辛・杜耶也不可能幾乎躲過應有的刑責。歐瓦先生，對於這一點，你們自己和司法單位解決吧，儘管我認爲他們不可能對三位太過嚴苛。晚安了！」

吉姆・巴內特拿起帽子，完全無視三個人的抗議，逕自對預審法官說：「我答應過福吉瑞夫人，要拯救她的丈夫。我也向保羅・厄斯坦的父親說過，我會揪出眞正的謀殺犯。我說話算話，責任已經完成。」

法官和檢察官、巴內特握手道別的時候，並沒有顯現出熱切的情緒。巴內特的指控可能無法達到他們的期待，而他們也無心朝這個方向追查。

貝舒在樓梯間的平台追上了巴內特。

巴內特對貝舒說：「要擊倒這三個傢伙不是件容易的事，我們不可能造成傷害。眞該死！這些富有的中產階級，美名在外，荷包又飽滿，整個社會都替他們撐腰，唯一能和他們對抗的，只有我精密的推理……其實，我不認爲司法單位膽敢對他們採取行動。算了！至少我把事情處理得夠漂亮啦。」

「而且手法正派。」貝舒表示贊許。

「正派？」

「眞是的！您有機會藉機拿走所有鈔票的。有那麼一會兒，我還眞擔心呢！」

「貝舒警探，您當我是哪種人了？」巴內特莊重地回應。

＊　＊　＊

和貝舒分手之後，巴內特離開俱樂部所在大宅，走進隔壁建築物爬上樓，福吉瑞夫婦正等著感謝他。他發揮高尚的情操，拒絕接受任何酬勞，隨後，當他去拜訪老厄斯坦先生的時候，也秉持超然的態度。

「巴內特偵探社提供的是免費諮詢，」他說：「這是偵探社的強處和情操。我們爲的是榮譽。」

吉姆・巴內特結清旅館費用，要旅館人員將他的行李送到車站。接著，他心想貝舒既然會和他一起回巴黎，他不如繞道河堤，回到俱樂部去和貝舒碰面。他走到二樓就停下腳步，因爲貝舒警探正好迎面走下樓。

貝舒下樓的腳步很快，一看到巴內特，便對著他憤怒地高喊：「哈，就是你！」

貝舒三步併作兩步衝下階梯，一把扯住巴內特的衣領，說：「你把錢藏到哪裡去了？」

「什麼錢？」巴內特狀似無辜地反問。

「當你扮演馬辛・杜耶時帶進圓形房間裡的錢。」

「什麼話！我不是歸還那四疊鈔票了？方才您不是還稱讚過我麼，好朋友。」

「我當時不曉得，但是我現在知道了。」貝舒大呼小叫。

「您現在是知道什麼啦？」

「你剛才歸還的都是假鈔。」貝舒的憤怒一發不可收拾，他嚷嚷：「你不過是個騙徒罷了！啊！你以爲我會善罷干休嗎？把錢吐出來，立刻拿出來！現在大廳裡的是假鈔，你心知肚明，騙徒！」

貝舒憤怒得幾乎說不出話，大力地搖晃吉姆・巴內特，而後者放聲大笑，嘟嘟嚷嚷地說：「哈，匪類啊……我早料到他們會做這種事……這麼說，他們扔到馬辛頭上的都是假鈔囉？眞是狡猾啊！我們要他們帶賭金過來，他們竟然帶些廢紙！」

「難道你不懂嗎？」貝舒禁不住斥喝：「這些錢是受害人的遺產！保羅・厄斯坦贏了這筆錢，其他人必須服輸，認賠了事。你快把錢交出來！」

巴內特樂不可支。「哈，這個嘛！醜聞一樁啊！這下輪到他們遭人詐騙，而且還是第二度的損失！這是給小偷最好的懲罰！」

「你撒謊！你撒謊！」貝舒咬牙切齒地說：「是你把錢掉了包，是你摸走了那些錢……渾球……騙徒！」

當法官和檢察官走出俱樂部時，正看到貝舒警探在樓梯間比手劃腳，連話都說不出來，整個人陷入令人難以置信的瘋狂狀態。而貝舒面前的吉姆・巴內特呢，他背抵著牆，笑得直不起腰……笑得滿眼淚光……

chapter 4

金牙男子

吉姆・巴內特拉開偵探社面街大窗的簾幕，突然發出一陣洪亮的笑聲。他笑得太開心，不得不坐了下來。

「哈，這太有趣了！眞是沒想到啊，貝舒竟然又來找我！天哪，這太好笑了吧！」

「什麼事這麼好笑？」貝舒警探走了進來。

貝舒盯著這個一邊驚嘆、一邊笑得幾乎喘不過氣的男人看，可憐兮兮地又問了一次：「什麼事這麼好笑？」

「眞是的，你竟然會過來！什麼嘛！在盧昂俱樂部事件之後，你竟然還敢再度光臨本偵探社。貝舒，你眞了不起！」

巴內特看到貝舒滿臉尷尬，實在很想克制自己，但又忍不住，他上氣不接下氣地邊喘邊笑。

「抱歉啊，好貝舒，眞是太好玩了！怎麼著，你這個代表司法的警探還打算把肥羊往我嘴裡送啊！這次是個百萬富翁還是什麼達官顯要？你人眞好！還有，你看，我和你那天一樣，不再用『您』來稱呼你了。這下子，我們眞的開始稱兄道弟了，對吧？好啦，別哭喪著臉，有什麼話就說吧！這回又是什麼事呢？又有人需要幫忙嗎？」

貝舒力圖鎮定，說道：「沒錯，巴黎近郊有個好神父需要協助。」

「這好神父殺了什麼人？他的教友嗎？」

「不，正好相反。」

「啊？是有教友殺了他？那麼我還能幫上什麼忙呀？」

「不是啦，只是說……」

「唉呀！貝舒，你今天說話怎麼吞吞吐吐的？算了，我們就別說了，你直接開車帶我去郊區見你的好神父吧！只要你開口，我隨時奉陪。」

＊　＊　＊

瓦訥這個小村莊由山谷沿著三座丘陵往高處延伸，古老的羅馬式教堂就座落在翠綠坡地之間。教堂祭壇後方有一片美麗的鄉間墓園，墓園的右側是一座農場，裡面有戶農莊，整座農場以樹籬和墓園相隔。墓園左側的外牆後方，則是神父的住所。

貝舒帶著吉姆・巴內特走進神父住處的餐廳，將這位私家偵探介紹給戴索神父，對神父而言，「私家偵探」簡直是個不可能存在的字眼。身材臃腫的中年神父看來就像個好好先生，他相貌溫和、臉色紅潤，平時應該是神色平和的面容在這時卻顯得十分焦慮。巴內特注意到神父的雙手圓潤，手腕上環著一圈圈鬆垮垮的贅肉，圓滾滾的肚皮將老舊的羊絨教袍往前頂。

「神父，」巴內特說：「我不知道您有什麼煩心的事，我的好朋友貝舒警探只向我交代他從前就認識您。您方便說來聽聽嗎？不過，我要請您省略沒必要的細節。」

戴索神父顯然早準備好了說詞，他毫不猶豫，低沉的嗓音從雙下巴底部喉嚨深處傳了出來。

「巴內特先生，您知道麼，這座教區教堂謙卑的僕人同時也身兼宗教寶藏的守護者。十八世紀時，瓦訥堡的領主將一批寶物留贈給本教堂，這當中有兩件黃金打造的聖體匣、兩座十字架、好幾個燭台以及一個聖體櫃，我們有——唉！我是不是該改口說『我們曾經有』——九件價值非凡的寶藏，吸引鄰近地區不少教友來參觀。而我……」

戴索神父擦掉額頭上一小滴汗珠，接著說：「而我呢，我得承認，我一直覺得這項守護寶藏的任務充滿了危險，因此，我有多害怕，就有多謹慎地執行任務。您可以過來看看，從這扇窗戶看出去，教堂厚實的牆壁裡面就是祭壇和聖器室，那些神聖的寶藏就放在裡面。聖器室有扇實心橡木門連接祭壇邊的通道，而我是唯一保管木門大鑰匙的人。此外，唯獨我有鑰匙能夠打開存放聖器的櫃子，也只有我能陪外人進去參觀。聖器室的鐵窗上方有一盞照明燈，我房間窗戶離照明燈還不到十五公尺，所以我瞞著大家，在兩扇窗戶之間拉了條繩子，只要稍有動靜，繩子上的鈴鐺一響，我就會醒來。另外，爲了小心起見，我每天晚上都會把最珍貴的聖器，也就是一只鑲嵌寶石的聖骨盒拿到我的房裡。但是，那天晚上……」

戴索神父再次拿手帕擦了擦前額。隨著故事的發展，神父額頭上的汗珠越冒越急，也越大顆。

他繼續說：「那天凌晨一點左右，我並不是因爲聽到鈴鐺聲才跳下床。我之所以會在半睡半醒間摸黑走動，是因爲我聽到有個東西掉在地板上。我想到了聖骨盒。是不是有小偷？於是我大喊：

『什麼人？』

「那個人沒有回答，但我確定他就在我前方，或是離我不遠的地方，我甚至可以確定這個人是從窗戶爬進來的，因爲我清楚感覺到外頭吹進來的寒風。我摸黑找到了手電筒，舉高後隨即點亮。在那一瞬間，我看到一張獰笑的臉孔，這人頭上戴了頂灰色的垂邊帽，拉高棕色的衣領。他獰笑時嘴巴一咧，我看見他左側有兩顆金牙。隨後，這個男人一記打在我的胳膊上，手電筒跟著掉落……我朝著他的方向追了過去。可是他在哪裡呢？難道是我弄錯方向？我撞到窗戶正前方的大理石壁爐。最後，當我終於找到火柴點燈的時候，房裡已空無一人。我看到有把扶梯靠在我的陽台邊，這把扶梯應該是從我的雜物間拿過來的。這個時候，聖骨盒早已不在原來的地方，我急急忙忙穿上衣服跑到聖器室，裡面的寶物也全都不翼而飛了。」

戴索神父又擦擦臉，這是第三次了。他已經滿頭是汗。

「可想而知，」巴內特說：「照明燈遭到破壞，您拉的繩子也被人剪斷了，對吧？這是不是表示下手偷竊的人熟知這裡的環境和您的習慣？後來呢，神父，您怎麼去尋找這些寶藏？」

「我犯了個錯，大喊『有小偷』。我眞的很後悔，因爲我的上司不會樂於見到醜聞發生，也會怪我把事情鬧大。還好，當天只有我的鄰居聽到。這二十多年來，葛拉維男爵親自管理他的農場——就在墓園的另一側。他贊同我的看法，在向警方報案之前，我們應該先試著把東西找回來。因爲他有車，所以我請他到巴黎去找貝舒警探。」

「我在早上八點抵達這裡，」貝舒開始自吹自擂：「到十一點，案子就破了。」

「什麼？你說什麼？」巴內特大喊：「你已經抓到了嫌犯？」

貝舒豎起食指，裝腔作勢地指向天花板。

「就在上頭，關在閣樓裡，由葛拉維男爵負責看守。」

「了不起！眞是太厲害了！貝舒，你來說吧，盡量長話短說好嗎？」

「我用最簡單的口頭問話，」急著聽人讚美的貝舒警探連話都說不好，「一是在教堂和神父住所的潮濕地面上有不少腳印。二是檢查過腳印之後發現嫌犯只有一人，他先把聖器室寶藏搬到稍遠的地方，再回頭到神父住處下手。第三，由於形跡敗露，於是他回去搬了東西，逃向大馬路去。我們沿著蹤跡追到了伊波利旅社附近。」

「接著，」巴內特說：「你立刻去找旅社老闆問話……」

貝舒接著說：「旅社老闆告訴我：『戴灰帽、穿棕色外套，而且鑲了兩顆金牙的男人？那不就是魏尼松先生嗎？他是個別針推銷員，我們都稱呼他三月四日先生，因爲他每年的三月四日都會來到這裡。昨天中午左右，他駕馬車過來，停妥馬車用過餐之後，就去拜訪客戶了。』

「『他幾點回到旅社？』

「『大約在凌晨兩點，和以往一樣。』

「『現在呢，他離開了嗎？』

「『大約四十分鐘前走的，朝香堤利的方向去。』」

「你搭什麼交通工具去追他呢？」巴內特問。

「男爵開車載我。我們攔下了魏尼松先生，不顧他的抗議，要他回頭。」

「啊，這麼說，他沒有承認囉？」巴內特問。

「也沒否認。他只說：『別告訴我太太……什麼都別告訴她！』」

「聖器呢？」

「不在馬車裡。」

「但是你掌握到明確的證據？」

「很明確，他的鞋印完全符合墓園裡的腳印，除此之外，神父表示他曾經在當天下午看到魏尼松來到墓園。沒什麼好懷疑的了。」

「那麼你的問題在哪裡？何必把我帶過來？」

「問題是神父……」貝舒氣憤地說：「他不同意我的判斷，我們之間有個小小歧見。」

「小歧見……這話是您說的。」戴索神父出聲了，他的手帕彷彿剛從水裡撈出來。

「到底怎麼了，神父？」巴內特問。

「呃，是這樣的，」戴索神父說：「有關於……」

「有關於什麼？」

「有關於那兩顆金牙。魏尼松先生的確有兩顆，只不過……」

「只不過怎麼樣？」

「他的金牙在右側，但是我當時看到的金牙在左側。」

吉姆・巴內特再也憋不住，他大聲笑了出來。直到他發現戴索神父目瞪口呆地看著他，才扯著嗓門說：「在右邊？眞糟糕啊！但是，您確定嗎，您沒有看錯？」

「我敢請上帝做我的證人。」

「但是您也見過這個人，不是嗎？」

「我在墓園裡看到過，是同一個人沒錯。但那天晚上出現的不會是他，因爲竊賊的金牙在左邊，而他的在右邊。」

「說不定，他把金牙換到另一邊去了。」巴內特這麼說，卻忍不住笑得更厲害。「貝舒，去把這個人帶過來吧。」

兩分鐘之後，垂頭喪氣、面容哀淒、臉上蓄著一把鬍子的魏尼松先生垂頭喪氣地走了進來。跟在魏尼松身邊的葛拉維男爵是個道地的鄉紳，塊頭魁梧，手上還拿了把左輪手槍。

一進到廳裡，魏尼松立刻倉皇地低聲說：「你們這件事我完全不清楚，什麼聖器？撬開的鎖？這究竟是怎麼一回事？」

「您就承認吧，」貝舒命令他，「不要結結巴巴胡扯！」

「只要你們不通知我太太，我什麼都承認。絕對不行啊！下星期，我得回我們在阿拉斯附近的家裡和她見面，我必須準時回到家，而且什麼都不能讓她知道。」

緊張害怕之下，魏尼松張開了嘴，從咧開的縫隙看進去，可以看見兩顆金屬假牙。吉姆・巴內特靠上前去，伸出兩隻指頭到魏尼松嘴裡，接著嚴肅地說出結論：「這兩顆牙是固定的，而且的確在右邊。神父先生看到竊賊的金牙在左邊。」

貝舒警探氣得跳腳。「這又怎麼樣呢？我們逮到了竊賊啊，他花了好幾年的時間來村裡策劃竊案。就是他！神父八成是看走眼了。」

戴索神父嚴肅地伸出雙手，說：「我可以請上帝當我的證人，金牙在左邊。」

「在右邊！」

「左邊！」

「好了好了，你們別爭。」巴內特把兩人拉開，說：「總之，神父先生，您希望怎麼做？」

「我希望能聽到一個讓我完全滿意的答案。」

「否則呢？」

「否則，我就去報案，我早該這麼做了。如果這個人是無辜的，我們沒權利不讓他走，更何況闖進我屋裡的人金牙在左邊。」

「右邊！」貝舒反駁神父。

「左邊！」神父堅持自己的立場。

「沒在左邊，也不是右邊，」巴內特顯然樂在其中，「神父，我明早九點整就把竊賊帶到這裡交給您，由他自己說出寶藏的下落。今天晚上，您坐在這張椅子上，男爵坐在另一張，將魏尼松先生綁在第三張椅子上。貝舒，請你在八點四十五分的時候叫醒我，準備好烤麵包、熱巧克力、白煮蛋等等當早餐。」

這天晚上，大家看著吉姆・巴內特四處忙。他去墓園逐一檢查墓碑，巡視神父的房間，到郵局打電話，在伊波利旅社和旅社老闆一起用晚餐，還到鄉間小徑漫步。

一直到凌晨兩點鐘，他才回到神父的住所。葛拉維男爵和貝舒警探一左一右將金牙男子夾在中間，此起彼落的鼾聲宛如一場競賽。

魏尼松先生聽見巴內特回到屋裡的聲音，喃喃地說：「別告訴我太太……」

吉姆．巴內特往地板一躺，立刻呼呼大睡。

貝舒在八點四十五分叫醒他。早餐已經準備好了，巴內特在囫圇呑下四片土司、喝下熱巧克力、吃了白煮蛋之後，要身邊的聽眾圍著他坐好，說：「神父，我會準時履行承諾。你呢，貝舒，我要讓你瞧瞧，所謂的專業技術——比方說鞋印、菸蒂，和其他可有可無的事物——在面對來自直覺與經驗、再透過敏銳分析判斷所得到的有效資訊時，是多麼的無足輕重。我從魏尼松先生開始吧。」

「隨便你們怎麼處置都行，只要別告訴我太太就好。」魏尼松先生喃喃地說話，失眠和焦慮讓他顯得十分憔悴。

吉姆．巴內特說：「十八年前，在別針工廠擔任巡行推銷員的亞歷山大．魏尼松在瓦訥認識了本地女裁縫師安潔莉小姐。這兩個人一見鍾情，魏尼松先生利用休假時間追求安潔莉小姐，溫柔地對待她、疼惜她，帶給她幸福快樂，可惜，安潔莉小姐不幸在兩年後過世。之後，魏尼松雖然拜倒在另一位奧諾琳小姐的石榴裙之下，而且娶她為妻，但是他一直沒能從這個打擊恢復過來。對他來說，和安潔莉小姐之間這段美好戀情遠勝過他對妻子的愛。奧諾琳是個脾氣暴躁又善妒的女人，自從她在一次偶然狀況下得知這段感情之後，便不斷地指責丈夫的不是。這個感人肺腑的故事，就是亞歷山大．魏尼松為什麼會神神祕祕來到瓦訥朝聖的背景。這點我沒說錯吧，魏尼松先生？」

「隨您怎麼處置都行，」魏尼松回答：「只要別……」

吉姆・巴內特接著說：「所以，魏尼松先生每年都會安排行程，想辦法瞞著奧諾琳，來瓦訥一趟。安潔莉小姐生前一直希望自己死後能埋在這裡的墓園。魏尼松先生年年在她的逝世紀念日當天來到墓園，跪在她的墳前哀悼，並且到他與愛人初識的地點散步，一直逗留到當時自己回旅社的同一個時間，才離開墓園。你們看看，離這裡不遠處有座簡單的十字架，我看到上面的墓誌銘，才終於瞭解魏尼松先生爲什麼會有這樣的行徑。

安潔莉小姐
三月四日辭世
長眠於此
愛她，爲她垂淚的亞歷山大

「你們現在可以明白，魏尼松先生爲什麼如此擔心這回的倒楣事件傳進妻子的耳朵裡吧。如果易怒的魏尼松太太得知感情不忠的丈夫爲了已故的愛人而蒙上竊盜罪嫌，她會怎麼說呢？」

魏尼松先生果然和墓誌銘上寫的一樣開始落淚，但讓他哭泣的原因，還包括日後面對魏尼松太太報復的悲慘景象。他的故事到此爲止，後續的發展則與他毫不相干。貝舒、葛拉維男爵和戴索神父聚精會神地聆聽。

「所以囉，」巴內特繼續說：「第一個疑點——也就是魏尼松先生爲什麼會定時回到瓦訥這件事，我們已經得到答案。這個解釋可以讓我們循邏輯來解開失蹤寶藏之謎，這兩件事的關係很緊密。你們不都知道麼，這些價値非凡的聖器一定會引起外界極大的想像，帶來垂涎的目光。盜取寶物的想法不只存在於外地觀光客的腦海中，本地人士一定也會覬覦。要動手不是件容易的事，畢竟神父已經採取了預防措施，但是對一個早在幾年前就有機會得知這些機關安排、可以實地演練，並且仔細策劃脫身計畫的人來說，卻並不困難。因爲脫罪的重點在於擺脫嫌疑，而要做到這點，最好的方法就是找個替罪羔羊，找個——比方說，找個在固定時間會偷偷回到墓園，行爲鬼祟，絕對會被視作首要嫌犯的倒楣鬼！於是，竊賊好整以暇，一步步設下圈套，詳細記下目標對象的灰帽、棕色外套、鞋印和金牙。這個即將成爲嫌犯的陌生人不是眞正的竊賊，也就是說，那個躲在幕後而且熟悉神父住處的人，年復一年地籌劃陰謀。」

巴內特停了一下。眞相慢慢地浮現，魏尼松先生臉上出現受害者的神情，巴內特對他伸出手。

「魏尼松太太不會對您的悼念之旅起疑，魏尼松先生，請您原諒這兩天加諸在您身上的誤解。另外也要請您原諒我，昨天晚上，我搜過您的馬車，在置物箱的夾層裡——話說回來，那並不是藏東西的好地方——找出安潔莉小姐寫給您的信，挖掘出您的祕密。魏尼松先生，您現在自由了。」

魏尼松站起身來。

「等等！」貝舒抗議，這個結局讓他忿忿不平。

「你說啊，貝舒。」

「那麼金牙又是怎麼一回事呢？」貝舒警探嚷嚷道：「我們不能閃避這個問題啊。神父親眼看見金牙，竊賊的嘴裡有兩顆金牙，而魏尼松先生右側明明就有兩顆金牙！這是不變的事實。」

「我看到的金牙在左邊。」神父更正貝舒。

「或者在右邊，神父。」

「我確定是在左邊。」

吉姆・巴內特又狂笑了。

「唉，安靜點！你們兩位何必為這種小事爭吵哩。怎麼著，貝舒啊，你這個堂堂警探怎麼會為這種雞毛蒜皮的小事爭辯！這簡直是孩子的把戲，給高中生解的謎！神父，事發地點是您的臥室，對嗎？」

「沒錯，我的房間就在正上方。」

「神父，請關上百葉窗，拉好窗簾。魏尼松先生，請把您的帽子和外套借給我。」

吉姆・巴內特戴上灰色的垂邊帽，穿上棕色外套後拉高衣領。他在一片漆黑的屋子裡從口袋裡掏出一把手電筒，站到神父面前，然後張開嘴，讓手電筒的光線直接照進去。

「這個人！金牙男人！」戴索神父看著巴內特，含糊地說話。

「我的金牙在哪邊啊，我的好神父？」

「右邊，可是我看到的是在左邊。」

吉姆．巴內特關掉手電筒，抓住神父的肩膀讓他在原地像陀螺似地轉了幾圈。接著，他突然打開手電筒，用充滿威嚴的語調說：「看著您的前方，正前方。您看到金牙了嗎？在哪一邊？」

「左邊。」神父驚愕地說。

吉姆．巴內特拉開窗簾，推開百葉窗。

「左邊還是右邊呢？您不太確定。神父啊，那天晚上就是這樣。當您起床時，腦袋還渾渾噩噩的，您沒有注意到自己其實是背對著窗戶站在壁爐前方，竊賊並非站在您面前，而是站在您的旁邊，當您打開手電筒的時候，光線並非打在他身上，卻是照亮了他在鏡中的倒影。我方才將您轉了好幾圈讓您昏頭轉向，就是爲了呈現出相同的效果。您現在明白了嗎？我是不是還要再提醒您，鏡中倒影是左右相反的呢？這就是您會把右邊金牙看成在左邊的原因。」

「你說得沒錯！」貝舒獲勝般地大喊，「但這無損我的說法以及神父看見金牙這兩件事實啊，所以，你得幫我們找出這個和魏尼松先生一樣鑲了金牙的人。」

「沒這個必要。」

「可是竊賊鑲了金牙！」

「我呢，我是不是也有金牙？」巴內特說。

他從嘴巴裡抽出一張金色的紙，紙張還保留著兩顆牙齒的形狀。

「來，這就是證據。很具說服力，對吧？兩顆金牙加上鞋印、灰帽和棕色外套，一個活生生的魏尼松先生就出現在眼前了，多簡單哪！只要去買些金色的紙就成了……我和三個月之前的葛拉維男爵一樣，都是在瓦訥的商店買到同樣的金紙。」

這句聽似無心的話，讓大家在驚訝之餘完全說不出話來。事實上，貝舒對巴內特逐步逼近目標的論據並不覺得驚訝，然而戴索神父卻激動得說不出話來，他偷偷看著自己這位尊貴的教友——葛拉維男爵。面紅耳赤的男爵則一句話都沒說。

巴內特將帽子和外套交還給魏尼松先生，後者伸手接了下來，一邊喃喃低語：「您向我保證過，我太太什麼都不會知道，對吧？如果被她發現就糟了，您想想看！」

巴內特送他出門，回來時神情愉快，摩拳擦掌地說：「太精采了，過程迅速，連我自己都很驕傲。貝舒，你看到了嗎？這才叫辦案，所有的步驟都和以往我們合作的案子一模一樣。我們不要從一開始就去指控我們的嫌犯，不去要求他提出任何解釋，甚至根本不必理會他。我們先讓他放下戒心，好逐步重建他的犯案模式。他親眼目睹自己曾經扮演的角色，看到自以為絕不可能重見天日的眞相從黑暗中浮現，越來越感到坐立難安。他開始覺得自己像頭困獸，被綑縛住手腳，既無力又驚訝，他清楚知道所有必要的證據均俱全，他的精神受到這些嚴苛的考驗，讓他連想都沒想到為自己辯護。男爵先生，情況是不是這樣？我們都同意吧？我應該沒必要一一攤開所有的證據，對嗎？這應該已經足夠了。」

葛拉維男爵想必親身體驗了巴內特敘述的歷程，因爲他絲毫不打算反擊，也沒掩飾杞憂的心情。就算他在犯案時當場被逮，心裡的感覺恐怕也不可能更糟。

吉姆・巴內特靠向男爵，語氣和善地安慰他。「但是男爵先生，您不必擔心。戴索神父想盡辦法避免醜聞發生，只要您歸還聖器，他肯定不會追究。」

葛拉維男爵抬頭凝視眼前這個可怕的對手，在巴內特堅定的逼視之下，他喃喃地說：「神父不會去報案？不會有人說出去？神父能保證嗎？」

「不會的，我可以保證。」神父說：「只要寶物歸回原位，我會把一切都忘掉。但是，這怎麼可能？男爵，怎麼可能是您？您怎麼會犯下如此嚴重的罪行？我一直這麼信任您！您是我教區裡最忠誠的教友呀！」

葛拉維男爵像個犯了錯正在告解的孩子般，低聲下氣地說：「我實在情不自禁，神父。我不斷地想，這批寶藏就放在我觸手可及的地方，我努力抗拒過，我也不想這樣做，但是心裡不自主地浮現這個計畫……」

「怎麼可能！」神父痛苦地說：「這怎麼可能！」

「是呀，全因爲我投資失利賠了錢。我要怎麼生活？神父，這兩個月，我已經把所有的古董家具、漂亮的座鐘和壁毯收到車庫裡，打算把東西賣掉，這一來，我就可以得救。偏偏我又捨不得……眼看三月四日近了，於是，這個誘惑，這個計畫已久的行動……我屈服了。請原諒我……」

「我原諒您，」戴索神父說：「我也會請求上帝，請祂不要給您太嚴厲的懲罰。」

男爵站起身子，果斷地說：「走，請大家跟我來吧！」

一行人走在大馬路上，彷彿在散步。戴索神父擦拭臉上的汗水；葛拉維男爵彎腰駝背，拖著沉重的腳步往前走；貝舒則是憂心忡忡，無時無刻不在擔心，他怕的是巴內特既然可以迅速釐清案情，恐怕也會輕鬆自若地盜走珍貴的聖器。

吉姆・巴內特悠哉地走在貝舒身邊，一邊高談闊論：「怎麼搞的，盲目的貝舒啊，你竟然沒看出眞正的竊賊是誰？我呢，我立刻就想到魏尼松先生不可能每年固定來瓦訥一次，只爲了犯案，一定是本地人下的手，而且鄰居的嫌疑最大。除了男爵以外，有哪個鄰居的住處可以直接監看教堂和神父的住所呢？男爵把神父所有的安全措施摸得一清二楚，魏尼松先生在固定日期的朝聖之旅他也知道……所以……」

貝舒沒聽巴內特說話，他沉浸在自己的思緒當中，而且越想越害怕。

巴內特開起玩笑：「所以，我更加確定自己的推斷正確，對男爵提出指控。但是我沒有證據，一丁點證據都沒有。在敘述過程中，我看到嫌犯的臉色越來越蒼白，還慌了手腳。貝舒啊！我從來沒這麼暢快。你也看到了最後結果，對吧，貝舒？」

「對，我看到了，還是我應該說——我就快看到了。」貝舒不知道自己會否看到所謂的戲劇性轉折。

葛拉維男爵繞過自家土地的壕溝，帶大家沿著一條長滿雜草的小徑走，繼續前進了三百公尺，才在一片橡樹林後面停了下來。

「那裡，」他結結巴巴地說：「在這塊地的中間……藏在乾草堆裡面。」

貝舒苦笑一聲，急忙衝了過去想了結這個案子，其他幾個人緊緊跟在他身後。

乾草堆的體積不大，他沒花多久時間就翻開了草堆，讓一捆捆乾草散落開來。突然間，他勝利地大吼：「在這裡！一個聖體匣，一只燭台，一座枝形大燭台……六件了！……七件！」

「應該有九件！」神父大喊。

「九件全在！太棒了，巴內特！真是太好了！這個巴內特啊！」

神父興奮地將失而復得的寶物抱在胸口，喃喃地說：「巴內特先生，我該怎麼感謝您！上帝會賜福予您……」

然而貝舒警探對於「戲劇性轉折」的預感並沒有錯，只不過這個轉折要稍晚才會出現。

葛拉維男爵帶著一行人再次沿著農莊往回走，就在這個時候，大夥兒聽到果園附近傳來驚呼聲。男爵急忙朝車庫的方向走過去，看到車庫前方有三名僕役和農場工人正比手劃腳地在說話。

男爵立刻猜到發生了什麼狀況，料見自己有什麼損失。車庫旁有間小棚屋，門被撬了開來，所有鎖在裡面的古董家具、大鐘和壁毯——也就是男爵僅存的財產，均已不見蹤影。

「這太可怕了！」他整個人搖搖晃地，連話都說不清楚。「什麼時候被偷的？」

「昨天晚上，」一名僕人回答：「大概十一點左右的時候，我們聽到狗吠……」

「東西怎麼運……」

「用男爵先生的車子運走的。」

「我的車！車也被偷了嗎？」

震驚萬分的男爵倒在戴索神父懷裡，戴索神父慈祥地安慰他。

「可憐的男爵，懲罰來得眞是快啊，用悔改的精神勇敢接受吧！」

貝舒雙手握拳，一步步走向吉姆・巴內特。他全身肌肉緊繃，準備出手攻擊。

「葛拉維男爵，您要報案吧？」貝舒咬牙切齒地說：「我向您保證，您的家當都還在。」

「眞是的，沒丟，東西當然都在，」巴內特帶著親切的笑容說：「但是報案恐怕對葛拉維男爵不利。」

貝舒往前走，眼神越來越凌厲，態度也更有威脅性了。

但是巴內特向他走了過去，將他拉到一旁，說：「你知道，如果沒有我，事情會演變成什麼樣子嗎？神父絕對找不到聖器，無辜的魏尼松先生會被關進大牢，然後魏尼松太太會得知他的行徑。果眞如此，你還不如自殺算了。」

貝舒沉沉地坐到一截樹根上，怒不可遏。

「快，葛拉維男爵，」巴內特大喊：「幫貝舒倒點喝的過來，他人不舒服。」

葛拉維男爵吩咐僕人去取酒。他為大家開了瓶陳年老酒，貝舒和神父各喝了一杯，而男爵呢，他將剩下的酒一飲而盡……

chapter 5

十二張股票
貝舒的

葛熙先生醒來的第一件事，是查看床頭桌上的一疊股票是不是還在原處。昨天晚上，他才剛把這疊股票帶回家裡來。

放下心之後，他才起床盥洗。

尼古拉・葛熙身形矮小肥胖，卻有張削瘦的臉。他在巴黎傷兵院附近經營業務，委託他管理積蓄存款的客戶都是些正派人士，然而他卻利用這筆資金，透過股票投機炒作或見不得人的高利貸，來賺取豐厚的佣金。

他在一棟老舊狹窄的建築物裡買下一戶二樓公寓。這地方有一間接待室、一間臥室、一間被當作諮詢室的餐廳、一間供三名職員工作的辦公室，以及位在公寓最尾端的廚房。

葛熙是個節儉的人，家中沒有僱請女傭。每天早晨八點，個性爽朗的門房太太會爲他將信件拿上樓，幫他打掃公寓，並且在他的辦公桌上放塊牛角麵包和一杯咖啡。

這天早上，胖嘟嘟的門房太太在八點半離開葛熙先生的公寓。他和往常相同，在等待職員上班的同時一邊慢慢享用早餐，一邊拆信看報。突然間——確切時間是早晨八點五十五分，他聽到臥房裡傳出聲響。他想到自己留在房裡的股票，於是匆忙走進房裡查看。這時股票已經不見了，而就在同一時間，從接待室通往樓梯間的門「砰」的一聲關了起來。

他想開門，但是門上了鎖。葛熙先生的鑰匙放在自己辦公桌上。

「如果我回頭去拿鑰匙，」他心想，「小偷一定會跑得不見人影。」

於是葛熙先生打開了接待室的窗戶，窗外就是大街，在這段短短的時間裡，任憑誰也不可能有足夠的時間離開這棟公寓。事實上，街上也沒半個人影。尼古拉·葛熙雖然驚慌，但卻沒有開口呼救。幾秒鐘之後，他看到自己最得力的助手出現在街角，正朝公寓走過來，他趕緊揮手示意。

「快！動作快！薩隆納，」他探出身子說：「進來，馬上關門，不要讓任何人出去。有人偷了我的東西。」

薩隆納聞言照做。葛熙急忙下樓，大口大口喘著氣，激動地問：「怎麼樣，薩隆納，沒人出去吧？」

「沒有的，葛熙先生。」

葛熙一路跑向門房太太的住處，她小小的住處位於樓梯口和昏暗小院子之間。這時，門房太太正在掃地。

「亞倫太太，有人偷了我的東西！」他大喊：「有沒有人跑進來躲在裡面？」

「沒有啊，葛熙先生。」驚愕的胖太太結結巴巴地說。

「您把我公寓的鑰匙放在哪裡？」

「這裡，葛熙先生，在掛鐘後面。這半個小時我都在屋裡，不可能有人拿走鑰匙。」

「這麼說，小偷不是跑下樓，而是往樓上跑了。啊！真是太可惡了！」

尼古拉・葛熙回到公寓大門口，他的另外兩名職員也到了。他們低聲交談了幾句，葛熙匆匆交代，在他回來之前，千萬不要讓任何人經過大門，不管是出去還是進來都一樣。

「懂了嗎，薩隆納？」

他急忙上樓，衝進家門。

「您好，」他一把抓起電話聽筒，大喊：「您好！請幫我接警察局……不是，小姐，不是接警察局！要請您接警察局咖啡館……電話幾號？我不知道……快點……問查號台，快一點，小姐。」

他終於和咖啡館老闆通上話，嚷嚷道：「貝舒警探在那裡嗎？請喊他聽電話，立刻叫來……快……他是我的客戶，別浪費時間。喂！貝舒警探嗎？我是尼古拉・葛熙。很好、很好……應該說不太好……有人偷了我的股票，一整疊的股票……我等您過來。啊？什麼？不可能？您要去渡假？

我才不管您是不是要去渡假！快點過來，貝舒……要快！您那十二張非洲礦業股票也在裡面。」

葛熙先生聽到電話的另一頭傳來一聲美妙的「見鬼了！」，這聲驚呼讓他鬆了一口氣，因爲這表示他成功吸引了貝舒警探的注意，警探必將迅速趕來。不出他所料，貝舒警探在十五分鐘後像陣疾風般地出現。警探臉色猙獰，向葛熙這個生意人衝了過來。

「我的非洲股票！我全數的存款！在哪裡？」

「被偷了！和其他客戶的股票，包括我自己所有的股票一起被偷了！」

「被偷！」

「沒錯，半個鐘頭之前被人從我的房裡偷走。」

「該死了！我那些非洲股票怎麼會放在您的房間裡？」

「我昨天從我在里昂信貸的保險箱裡拿出這疊股票，想換到別的銀行，以爲這樣會比較方便。

結果，我錯了……」

貝舒一掌扣在葛熙的肩膀上。「葛熙，您要負責，您得賠我錢。」

「拿什麼賠？我破產了。」

「破產？那這間公寓呢？」

「已經全部抵押了。」

這兩個男人對彼此破口大罵，互相叫囂。門房太太和葛熙的三名職員急昏了頭，他們在門口攔住四樓的兩名房客，這兩位年輕女士想盡辦法就是要出門。

「誰都不能出去！」貝舒控制不住自己，大聲吼叫。「在找回我那十二張非洲股票之前，誰都不能離開！」

「我們可能得找人幫忙，」葛熙提議道：「找那個年輕的肉販、雜貨店老闆，他們都是信得過的人。」

「我——不——要。」貝舒清楚地說。「如果眞得找人，我們可以打電話到拉柏德街上的巴內特偵探社，然後還要去報案。不過那都是白費工夫，我們現在就要行動。」

貝舒力圖冷靜，想發揮領導人物的責任感。但他姿勢緊繃，嘴角顫抖，可以想見他的內心有多麼驚慌。

「要冷靜，」他對葛熙說：「總之，我們有個好的開始。沒有人走出這棟樓，所以，在竊賊將股票送出公寓之前，我們必須要找回我那十二張非洲股票，這才是重點。」

他上前找那兩名年輕女士問話，其中一名女子是打字員，在家裡爲人打通知信和報告；另一名女子同樣在家工作，教授長笛。這兩位女士都想要出門買午餐要用的食材。

「眞是抱歉！」貝舒毫不通融地回答：「今天早上這扇通往大街的門不能打開。葛熙先生，麻煩指派您的兩名職員在這裡留守，另一位則負責爲公寓的房客採購。下午過後才能讓房客通行，但是事先必須經過我的允許，還有，所有的包裹、紙箱、購物袋和可疑的郵件都必須經過嚴格檢查。

以上這些是規定。至於我們呢，葛熙先生，我們開始工作！由門房太太帶我們走。」

這棟公寓建築的配置相當有利於調查。這裡總共有四層樓，一層只有一戶，也就是說，連目前無人居住的一樓包含在內，總共只有四間公寓。葛熙本人是二樓的住戶，三樓住的是杜費蒙先生，這位議員過去曾經擔任內閣閣員。四樓隔成了兩戶住家，勒可菲小姐是打字員，哈維琳小姐則是長笛教師。

這天早上，杜費蒙先生在八點半即已前往議會主持會議，幫他整理家務的附近鄰居要到午餐時間才會過來，所以只好等他回家再說。至於兩位小姐的住處呢，就必須經過徹底搜查。隨後，一行人還找來一把梯子好爬上閣樓仔細翻找，接著又檢查了小庭院和尼古拉·葛熙先生自己的公寓。

他們一無所獲，貝舒心痛地想著自己的十二張非洲股票。

杜費蒙議員在中午左右回到家，他態度嚴肅，手上提著由過去閣員時代沿用至今的沉重公事包。這位議員工作認眞，備受各黨派推崇，他並不常出面質詢，但只要出手就會帶來決定性的影響力，讓政府官員無不繃緊神經以對。他踏著沉穩的腳步到門房住處領取信件，葛熙在這裡向他說明自己遭竊的經過。

杜費蒙議員一邊聆聽一邊思考，似乎連最枝微末節的小事都沒放過，甚至表示，如果葛熙決定報案，他一定會支持，此外還堅持要大家去搜查他的公寓。

「誰知道呢，」他說：「說不定有人複製了我家的鑰匙。」

經過一番搜查，他們仍然沒有找到股票。情況顯然不妙，貝舒和葛熙輪番互相打氣，想要彼此安慰，但是這些話聽起來都言不由衷。

最後兩人決定到對面的小咖啡館去用餐，坐在這裡，他們仍然可以監視這棟公寓。其實，貝舒一點也不覺得餓，十二張非洲股票懸住了他的胃口。葛熙則抱怨頭暈，兩人翻來覆去地思考這件事，想找出個合理的解釋。

「其實很簡單，」貝舒說：「有人潛入你家偷走股票，既然這個人沒有離開，那麼他一定還在這棟房子裡面。」

「那當然！」葛熙表示同意。

「那麼，如果他在房子裡面，我的十二張非洲股票一定也在裡面。股票沒長翅膀，不會穿過天花板飛掉。」

「一大疊證券也一樣！」尼古拉・葛熙以此類推。

「我們得到這個結論，」貝舒繼續說：「而且推理的立足點十分扎實，要知道……」

他沒把話說完，因為他看到了一幕恐怖的景象。他看到對街有個人踏著輕快的腳步，緩緩地走向那棟公寓。

「巴內特！」貝舒喃喃地說：「巴內特！是誰告訴他的？」

「您對我提過這個人，說過在拉柏德街上有家巴內特偵探社。」葛熙略顯尷尬地承認：「我以爲，在這種危急的情況下，打通電話說不定有用。」

「這太荒唐了，」貝舒連話都講不清楚，「是誰在主導調查？是您還是我？巴內特根本不該插手！巴內特是個要嚴加提防的滲透分子。啊，不，怎麼會去找巴內特！」

在這一瞬間，和巴內特攜手合作似乎成了世上最危險的事。吉姆・巴內特踏進公寓，吉姆・巴內特插手調查……如果眞能找出東西，那整疊股票——特別是十二張非洲股票——馬上會落入巴內特手中。

貝舒氣呼呼地穿越馬路，當巴內特正打算舉手敲門的時候，貝舒往巴內特面前一站，用低沉顫抖的嗓音說：「快走開，這裡不需要你的幫忙。因爲一時誤會才會有人打電話給你，呃，別多管閒事。」

巴內特驚訝地瞪著他。「這個好貝舒啊！這是怎麼一回事？你看起來不太對勁呢。」

「請你回頭離開！」

「這麼說，電話中提到的事情果然很嚴重囉。怎麼，你辛辛苦苦存下來的錢被騙走了，是嗎？眞是的，你不要我出手幫個忙？」

「趕快離開，」貝舒齜牙咧嘴地說：「我很清楚你所謂的『出手』是什麼意思——出手掏別人的口袋。」

「你在爲那十二張非洲股票擔心？」

「沒錯，你出手我就會擔心。」

「那麼我們別再說了，你自己想辦法吧！」

「你要走了嗎？」

「你錯了，我有事要進這棟公寓。」

接著，巴內特詢問現在才來到他身邊，正在開門的葛熙。

「先生，請問您，音樂院第二名畢業的長笛教師哈維琳小姐是不是住在這裡呀？」

貝舒發起了脾氣，他回嗆：「沒錯。你這樣問，是因爲你看到門牌上的地址。」

「那又怎麼樣？」巴內特問：「難道我沒權利來這裡學長笛？」

「就是不能。」

「恕難從命，可是我對長笛有股狂熱。」

「我堅決反對……」

「我偏要！」

巴內特專橫地走進門，沒有人敢阻止他，焦急的貝舒只能眼巴巴地看著巴內特登上樓梯。十分鐘之後，巴內特顯然和哈維琳小姐敲定了課程，因爲大家單聽到走音的笛聲從四樓往下傳。

「混蛋東西！」貝舒嘴裡嘀嘀咕咕，心裡則爲了他的十二張非洲股票越來越不安。「這傢伙一插手，事情會有什麼演變？」

他帶著憤怒的情緒重新投入工作，一行人搜查了沒人住的一樓和門房太太的小小住處，以防小偷在迫不得已的時候，將整疊股票丟進裡面。他們的搜尋仍然徒勞無功。在他們忙著搜索的這一整個下午，樓上的惱人長笛聲未曾斷過，彷彿在嘲笑這些人。在這番噪音騷擾之下，他們要怎麼找東西？最後，巴內特終於在六點鐘左右哼著歌，踩著雀躍的腳步，捧著一個大紙箱出現在大家面前。

「紙箱！」貝舒怒喝了一聲，搶來紙箱，打開蓋子看。裡面裝著幾個老舊的帽台和被蟲咬過的皮草。

「哈維琳小姐沒辦法出門，所以託我幫她把這些東西丟掉。」巴內特嚴肅地說：「哈維琳小姐很漂亮，這你也知道，而且，她的笛藝非凡！她認為我有驚人的天賦，如果我努力練習，很有可能謀得工作，在教堂前階梯上擔任盲人吹笛手哩。」

*　　*　　*

貝舒和葛熙徹夜站崗守候，一個在外面，另一人待在裡面，以防竊賊將股票從窗口扔出去給同夥。到了第二天早上，他們重新展開搜查，然而這番努力依然沒能帶來好消息，貝舒的十二張非洲股票和葛熙的一疊證券仍舊下落不明。

下午三點鐘，吉姆·巴內特又出現了。這次，他手上拿的是空紙箱，行程似乎十分緊湊，只和善地打個招呼便走進大門。

長笛課開始了，出現一連串音階、練習曲，以及五音不全的曲調。突然間，他們有好一段時間什麼也沒聽到，這讓貝舒不知該作何反應。

「眞是的，我該怎麼辦才好？」他自問，一邊設想巴內特會用什麼方法尋找，是否已經尋獲這批至寶。

他爬到了四樓，側耳傾聽。長笛教師家中沒有任何聲響，但是隔壁的打字員勒可菲小姐家傳出男人的聲音。

「是他的聲音。」貝舒心想，好奇作祟下，開始天馬行空地胡思亂想。

最後，貝舒再也忍不住了，於是按了電鈴。

「請進！」巴內特在裡面大聲說：「鑰匙就插在門上。」

貝舒走進公寓裡。美麗的棕髮女郎勒可菲小姐坐在桌前敲著打字機，快速地用一頁頁紙張記錄下巴內特口述的話。

「你是來搜查的嗎？」巴內特說：「請便。勒可菲小姐沒什麼需要隱瞞的事，我也一樣。我正在口述回憶錄唷，我可以繼續嗎？」

貝舒開始查看家具下方的空隙，巴內特接著口述：「這天，貝舒警探看到我在勒可菲小姐家中。介紹我認識這位迷人打字員的，是年輕的長笛家哈維琳小姐。貝舒警探狂亂地尋找他那依舊下落不明的十二張非洲股票。他在沙發下找到三粒灰塵，在櫃子下發現了一片鞋墊。貝舒警探沒有遺漏任何細節，眞是箇中高手啊！」

貝舒站起身，朝巴內特伸出拳頭，開口咒罵他。看到後者繼續口述，貝舒只好離開。

不久之後，巴內特拿著紙箱下樓。守候的貝舒猶豫了一下，但是他太害怕，仍然打開了紙箱。箱子裡只有一些廢紙和抹布。

可憐的貝舒度日如年，巴內特不但出現在案發現場，還毫不留情地挖苦嘲諷，讓貝舒一天比一天更憤怒。巴內特每天都會來到這棟公寓，在上過長笛課或完成口述之後，必會帶著紙箱出門。這是爲什麼呢？貝舒深信這一定是場鬧劇，是巴內特刻意公開嘲弄他。他雖然這麼猜，但倘若巴內特眞的找了個機會把股票帶出去要怎麼辦？巴內特會不會帶著十二張非洲股票跑了呢？他有沒有可能趁機拿走贓物？於是貝舒再怎樣猶豫不決，每回仍焦躁地伸手翻弄一堆堆稀奇古怪的物品，包括破布、舊衣、脫了羽毛的撢子、斷掉的掃把、煙囪裡掏出來的灰燼，甚至是刨下來的蘿蔔皮，而巴內特總是笑彎了腰。

「股票在裡面！不在裡面！找到了！又沒找到！哈，可憐的貝舒啊，你眞是讓我笑破肚皮！」

這種情況持續了一整個星期。貝舒把休假時間全耗在這場毫無成效的爭鬥之中，更慘的是，他還成了這一帶住戶的笑柄。公寓住戶雖然同意讓尼古拉・葛熙和貝舒搜查他們的住家，但是大家都有事要做，不可能繼續配合。鄰居開始說長道短，葛熙遭竊的倒楣事傳了出去，驚慌失措的客戶包圍他的辦公室，想要回自己的錢。前任內閣成員杜費蒙議員的生活也受到了影響，他一天出入四次都必須穿過這群情緒激動的客戶，於是終於開口催促尼古拉·葛熙去報警。這樣的狀況不能再繼續下去了。

殊不知，一個意料之外的事件讓案情發展加快了腳步。某天近傍晚時分，葛熙和貝舒聽見四樓傳來激烈爭吵聲，由重重的跺腳聲和女人的叫罵聲聽來，事態恐怕嚴重。

兩人急忙爬上四樓，發現哈維琳小姐和勒可菲小姐在樓梯間的平台上扭打了起來，巴內特雖然出面勸阻卻成效不彰，但他顯然樂在其中。兩位女士的髮髻散了開來，上衣撕破，互相叫罵。

他們趕忙分開這兩位女士。打字員勒可菲小姐激動過度，情緒失控，巴內特不得不護送她回房，而長笛教師哈維琳小姐仍然憤怒地大聲說話。

「我無意間撞見他們兩個人，」哈維琳小姐吼著：「巴內特先向我獻殷勤，卻和她擁吻。這巴內特太可笑了，貝舒先生，您應該去問問這個人，這八天來，他究竟在這裡耍什麼花樣，爲什麼不時問我們話，還到處打探消息。我敢說，他準知道誰偷了那些股票。是我們的門房亞倫太太，沒錯。他爲什麼不讓我告訴你們？而且，他也知道股票的下落，因爲他曾經告訴過我：『東西在這棟公寓裡但又不在，如果說東西不在，它偏偏又在。』貝舒先生，你們一定要提防這個人。」

吉姆·巴內特這時已經安置好勒可菲小姐，他拉住哈維琳小姐的手，用力地將她推回她房裡。

「好了、好了，我親愛的老師，別吵吵鬧鬧的淨說些您不知道的事。您只有長笛吹得好，說起話來還眞是口齒不清啊！」

貝舒沒等巴內特回來。哈維琳小姐剛剛的一番話——有關吉姆．巴內特的研判——立刻讓他看清了案情。沒錯，亞倫太太是竊賊。他怎麼會沒想到？貝舒氣沖沖地認定了這個事實，邁開大步往樓下衝向門房太太的住處，尼古拉．葛熙緊緊跟在他的身後。

「我的非洲股票！在哪裡？是妳偷的！」

尼古拉．葛熙一到也立刻開口問：「我的證券呢？這小偷，妳把證券放哪裡去了？」

兩個人攀住胖太太的肩膀搖晃她，一人握住她一隻手拉扯，口裡不停的逼問，還不忘怒斥。她什麼也沒說，似乎嚇呆了。

對亞倫太太來說，這是個可怕的一夜，但接下來的兩天並沒有比較好過。貝舒一刻也不曾懷疑過巴內特的推理，更何況，自從他知道這項指控之後，眞相也逐步就位。門房太太應該是在打掃的時候注意到不尋常的狀況，看見床頭桌上有一疊證券。她深知葛熙先生的作息，更是唯一持有鑰匙的人，於是她回到葛熙的公寓拿走證券，下樓躲回小屋裡，尼古拉．葛熙就是在她的住處看到她。

貝舒宛如消了氣的皮球。

「沒錯，」他自言自語：「那個狡猾可惡的門房太太絕對是竊賊。但是謎團依舊沒有解開呀，不管行竊的是門房太太還是別人——這可能性很低——我們還是不知道我的十二張非洲股票哪裡去了。的確，她應該把東西帶回了她的小屋，可是，在當天的九點起到我們進她屋裡搜索爲止，在這段時間當中，她是怎麼把東西送出去的呢？」

經過了威脅和道德勸說，胖太太依然拒絕爲大家解開謎團，一概否認所有的指控。她表示自己什麼都沒看到，什麼都不知道，儘管她的罪嫌確切，態度卻無半點軟化。

「這件事該做個了結了，」一天早上，葛熙對貝舒說：「您也看到了，杜費蒙議員昨天晚上成功倒閣，記者一定會上門採訪。難道我們有辦法搜記者的身？」

貝舒知道局面恐怕難以維持。

「三個小時之後，我會有答案。」他向葛熙保證道。

* * *

這天下午，貝舒上門拜訪巴內特偵探社。

「我一直在等你呢，貝舒，你需要什麼？」

「你的協助。我無計可施了。」

貝舒的答覆十分老實，也立刻見效。貝舒爲自己的行爲向巴內特賠禮道歉。吉姆・巴內特熱情地回應，他感性地環住貝舒的雙肩，和對方握手言和，而且不忘表現出迷人風度，沒有出言羞辱落敗的貝舒。這不是勝者和敗者的會晤，而是兩名老友握手言和的場面。

「老實說，好貝舒啊，這個讓我們疏遠的小誤會教我好難過。我們這麼好的朋友竟然互相爲敵！多悲哀啊！害我睡不好覺。」

貝舒眉頭一皺。面對其身爲執法人員的良知，他不得不苦澀地責備自己和巴內特之間這段友好的關係，然命運的安排讓他必須與這個被他視爲騙徒的男人合作，對此他只能把憤慨放在心裡。但可惜哪！在某些狀況之下，再正直的人也得退讓，比方說，損失十二張非洲股票就是其中一種！

滿腹顧慮的貝舒喃喃地說：「眞的是門房太太，對不對？」

「是她沒錯，唯獨她才有可能犯案。」

「但是，一直到目前爲止，這個女人都還頗受尊敬，她怎麼可能做這種事？」

「如果你事先花點時間，針對她的背景做點基本調查，你就會知道這個可憐又痛苦的女人有個兒子，而且還是最令人不齒的敗類，騙光了她的錢。就是爲了這個兒子，門房太太才會禁不起誘惑。」

貝舒打了個冷顫。

「她把我的非洲股票交給他了嗎？」他邊發抖邊說話。

「啊，這倒是沒有，我不可能容許這種事發生。你的十二張非洲股票有神聖的價值。」

「那股票在哪裡？」

「在你的口袋裡。」

「別開玩笑了，巴內特。」

「我不是在開玩笑，貝舒，我不會拿這麼嚴肅的事胡扯。你檢查看看嘛！」

貝舒戰戰兢兢地伸手摸口袋，從裡面掏出一個大信封，信封上寫著「獻給我的好朋友貝舒」。貝舒撕開信封，看到裡面放的是非洲股票，他算了一下，總共有十二張。他的臉色蒼白，搖搖晃晃地差點站不穩，急忙吸了吸巴內特爲了怕他昏厥而特意湊向他鼻頭的嗅鹽。

「吸氣，貝舒，你別昏倒。」

貝舒沒昏倒，倒是抹掉幾顆悄悄滾落的淚珠，喜悅和感動讓他哽咽得說不出話來。沒錯，他壓根兒沒想到，在他進門和巴內特兩人重修舊好的時候，巴內特已趁機將信封放進了他口袋裡。他用雙手捧著一張也沒少的非洲股票，此刻，在他的眼裡，巴內特再也不是騙徒。

貝舒恢復氣力之後，禁不住伴著想像中的響板節奏，跳起了西班牙舞步。

「非洲股票回到我的懷抱了！啊，巴內特，你眞是個大好人！世界上不會有第二個巴內特，他是貝舒的救星！巴內特，我該爲你立一尊雕像！巴內特，你是英雄！你究竟是怎麼拿到手的？說來聽聽，巴內特！」

再一次的，巴內特推斷案情的手法讓貝舒深感佩服。身爲警探的好奇心驅使他開口問道：「這到底是怎麼一回事，巴內特？」

「什麼怎麼一回事？」

「就是你怎麼找出頭緒的嘛！那疊證券在哪裡？你是不是要說：『在公寓裡但又不在』？」

「而且『如果說東西不在，它偏偏又在。』」巴內特耍起嘴皮子。

「說啦！」貝舒苦苦哀求。

「你眞的不知道？」

「我任憑你處置。」

「那麼你以後不會因爲我的一些小缺失就來責備我吧？每次看到你那種神情我都好難過，有時候甚至讓我覺得自己做錯了事。」

「趕快說啦，巴內特。」

「哈！」巴內特大嘆，「眞是有意思的案子！好貝舒啊，聽我說過之後，你還是會覺得有趣。我從來沒碰過比這次更美妙、更出奇、更即興或更狡猾、更能展現出人性又更異想天開的案子哩。這樁竊案單純到連你這個精明幹練的警探都看不出巧妙玄機。」

「你到底說不說啊！」貝舒開始發火，「那疊股票到底是怎麼被送出屋外的？」

「從你眼前被送出去的，貝舒，而且還不止一次出去又回來！你每天眼睜睜地看著東西進出公寓兩次，你用那雙和善溫煦的雙眼送往迎來。十天來，你對著這疊證券行禮問安，彷彿面對著耶穌受刑的十字架一樣，差點就要跪下！」

「怎麼可能！」貝舒嚷嚷著，「這太離譜了，我仔細檢查過每一件東西。」

「全都搜過，貝舒，唯獨這件例外！所有的包裹、紙箱、手提袋、口袋、帽子、罐頭，甚至是垃圾箱……對，全檢查過，但你偏偏沒檢查這一件。這和過邊境海關一樣，所有旅客的行李都必須檢查，唯獨外交郵包例外。相同的道理，所有的東西你全檢查過，獨漏一件。」

「哪一件？」貝舒失去了耐心。

「你猜一千次也猜不到。」

「快說，你這傢伙！」

「在那位前內閣成員的公事包裡！」

貝舒從椅子上跳了起來。

「什麼？巴內特，你說什麼？你這是在指控杜費蒙先生嗎？」

「你瘋了！我怎麼敢指控議員呢？原則上，任何人都不可能去懷疑一名曾經擔任閣員的議員。更何況在這麼多議員和前任閣員當中——老天明鑑，這人數還眞多——我會說，杜費蒙議員是最不可能遭到質疑的一位。儘管如此，他還是成了包庇亞倫太太的人。」

「這麼說，他是共犯？杜費蒙議員會是共犯？」

「不是的。」

「那麼你在指控誰？」

「我指控誰？」

「對。」

「指控他的公事包。」

接下來巴內特從容又愉快地開始解釋道：「貝舒啊，閣員的公事包就像個備受尊重的人物。世上有位杜費蒙議員，有個杜費蒙議員的公事包，這兩者互相依存，缺一不可。你沒辦法想像杜費蒙議員沒提公事包的模樣，而他的公事包也不可能沒有主人單獨出現，議員和他的公事包是密不可分的。只是呢，杜費蒙議員偶爾仍會將公事擺在一旁，例如用餐、睡覺或在諸如此類的作息必要之時。碰到這種時候，議員的公事包才會落單，而杜費蒙議員也無法爲公事包負起任何責任。這就是竊案當天早上的狀況。」

貝舒瞪著巴內特看，心想這傢伙到底想說什麼？

巴內特繼續說：「你那十二張非洲股票被偷的當天早上就是這樣，偷了東西的門房太太驚慌失措，想到即將面對的險境便嚇得不知該如何是好，不知道該怎麼處置贓物。就在這時候，她突然看到杜費蒙議員的公事包被單獨地擱在壁爐上方，啊，眞是奇蹟！杜費蒙議員剛走進門房的住處拿信，隨手把公事包放在壁爐上，好拆閱信件。恰在此時，尼古拉・葛熙和貝舒你正告知議員關於證券遭竊的事。於是，亞倫太太突然萌生了個絕妙的好主意。對，用『絕妙』來形容這個主意眞是太恰當不過了。那疊證券也放在壁爐上，剛好在公事包的旁邊，上面還蓋了份報紙。你們還沒搜查門房住處，但那是遲早的事，而且一定會人贓俱獲。時間緊迫，容不得耽擱了，門房太太轉身背對你們幾個討論得正熱烈的人，迅速打開公事包，公事包有兩層，她抽出其中一層的文件，把整疊證券放進去。於是，大功告成了，沒有人起疑。杜費蒙議員離開的時候將公事包夾在胳膊下，就這樣把十二張非洲股票和葛熙的證券一起帶走。」

貝舒無言以對，說不出話來反駁。巴內特言之鑿鑿，指證歷歷，貝舒接受了這番讓人無法推翻的事實。他相信巴內特，他有信心。

「其實，」他說：「我在那天看見了一疊文件，卻沒去注意。但是，門房太太一定有把這些資料還給杜費蒙議員。」

「我不這麼想，」巴內特說：「爲了不引人懷疑，她應該是把資料給燒掉了。」

「但是議員呢，他肯定會要找回他的文件吧？」

「不會的。」

「什麼！他沒發現一整疊資料全不見了？」

「他一樣沒發現公事包裡出現了一疊證券。」

「但是，他打開公事包的時候也沒看到？」

「他沒打開公事包，他從來不打開他的公事包。杜費蒙議員的公事包就和大多數政治家一樣，純粹是道具，用來擺個姿態，用來威脅，用來維持秩序。如果他打開過公事包，那麼他應該會找他的文件，同時也會交出葛熙的證券，但是他既沒去尋找文件，也沒交還證券。」

「那麼，他要怎麼工作？」

「他根本不必工作！並不是拿著公事包就得工作，他只要提著一只前閣員的公事包，就不需要工作。公事包代表的是工作、權力、威信、無所不能與無所不知。杜費蒙議員昨晚出席了議會——我也在場，所以我說話有憑有據喔，他把那只前閣員的公事包往講台上一放，內閣就敗下陣來。他們想的是：這位勤奮議員的公事包裡究竟裝了哪些讓人無法承受的文件資料？他掌握了哪些數據？哪些統計？杜費蒙議員打開了鼓鼓的公事包，但是沒抽出任何資料。他在發表聲明的時候不時把手放在公事包上，似乎在說：『一切證據都在裡面。』其實，那裡面放的不過是貝舒的十二張非洲股票、葛熙的證券和過期的報章雜誌罷了。但是這就足夠了，光靠杜費蒙議員的公事包就足以讓內閣重組。」

「你怎麼知道的？」

「因爲，當他在凌晨一點鐘踏出議會準備步行回家的時候，被一個不知名的傢伙不小心撞到，倒在人行道上。另一個不知名的人士——也就是前一個傢伙的共犯——撿起公事包，趁機用一疊舊報紙將證券掉包帶走。我需要把第二個人的名字告訴你嗎？」

貝舒眞心地笑了。這會兒，既然他的十二張非洲股票已經擺進了口袋裡，因此不但故事聽起來有趣，杜費蒙的際遇也讓他覺得饒有興致。

巴內特在原地轉了個圈圈，然後大聲說：「祕密揭曉了，老朋友！爲了一探曲折的內情，爲了呼吸那棟公寓的空氣，爲了蒐集資料，我才會去口述回憶錄，還去學長笛。這個星期過得太充實了，在四樓調情，在樓下進行各種調查。還有葛熙、貝舒、杜費蒙……全被我牽著鼻子走。最讓我難過的，是看到杜費蒙完全沒注意到公事包裡含藏罪證，無知無覺地帶著好貝舒的十二張非洲股票四處跑。這讓我太驚訝了。另外就是門房太太！她一定發自內心地視杜費蒙爲騙徒，因爲她以爲杜費蒙把十二張非洲股票和其他的證券全佔爲己有，哎呀，這杜費蒙還眞倒楣。」

「我是不是該把眞相告訴他？」貝舒問。

「有什麼用呢？就讓他繼續用公事包帶著舊報紙四處跑吧！貝舒，你千萬不能把這件事說出去。」

「當然了，我只會告訴葛熙。」貝舒說：「把證券還給他的時候，我會讓他知道眞相。」

「什麼證券？」巴內特說。

「當然是他的股票，就是那些你在杜費蒙議員公事包裡找到的股票啊！」

「呃，這個啊！你少瘋了，貝舒！你覺得葛熙還能拿回那些證券？」

「該死的！」

巴內特一拳敲向桌面，突然發起脾氣。

他說：「你知道你那尼古拉・葛熙是哪種人嗎？貝舒，他是個敗類，和門房太太的兒子一樣，沒錯，是個下三濫。尼古拉・葛熙利用客戶的積蓄讓自己獲利，拿客戶的錢當兒戲！更糟的是，他還準備捲款潛逃！你看看，這是他要前往布魯塞爾的火車票，他搭的是一等艙，日期就是他從保險箱裡取出證券的同一天。他不是像他所說的，打算把這些東西存放到另一家銀行，而是要帶著遠走高飛。這個尼古拉・葛熙啊，怎麼樣，你現在怎麼說啊？」

貝舒沒吭一聲，自從十二張非洲股票遭竊之後，他對尼古拉・葛熙的信任度便急轉直下。但是，他仍然要說：「可是他的客戶多半是些正直的人啊。如果他們因此而破產，那未免太不公平了，對吧？」

「他們不會破產！天哪，當然不會！我不可能容許這種不公不義的事！」

「所以呢？」

「我說啊，葛熙是個有錢人。」

「他一毛不剩了。」貝舒說。

「錯！根據我的調查，他的財產足夠用來償還客戶的損失，而且綽綽有餘。我認爲他之所以沒在案發當天就報案，是因爲他心存顧慮，不想讓司法單位調查他的財務狀況。但是你試試看，威脅要把他送進監獄，他會想出辦法的。說到錢嘛，你那個尼古拉・葛熙算得上百萬富翁，他做的壞事要由他自己承擔，別把我扯進去。」

「這是說，你打算留下那些……」

「留下那些股票嗎？不可能！股票已經全賣掉了。」

「好，那麼你留下了錢……」

巴內特義憤填膺地說：「完全沒有，我一分錢都沒留下來！」

「那麼你怎麼處理這筆錢？」

「分掉了。」

「分給誰？」

「分給有需要的朋友，贊助我有興趣的事業。啊，你別擔心，貝舒，我會好好運用尼古拉・葛熙的錢！」

貝舒一點也不懷疑。巴內特又再次以掌握案子的「油水」，來做爲結案的方式。巴內特懲奸除惡，劫富濟貧，但絕對不忘從中支取費用。這次善舉的布施對象，第一個就是他自己。

貝舒漲紅了臉，沒有抗議就等於同謀。但是，從另一個角度看，他的口袋裡躺著寶貴的十二張非洲股票，他清楚知道，如果沒有巴內特介入調查，這些股票不可能找得回來。在這個節骨眼上，他怎麼能翻臉或宣戰呢？

「怎麼了？」巴內特問：「你不高興嗎？」

「高興，高興，」時運不濟的貝舒說：「我高興得不得了。」

「既然一切都好，那你笑一個吧！」

貝舒怯懦地笑了。

「太好了，」巴內特扯開嗓門說：「能爲你服務是我的榮幸，很高興有這個機會。現在呢，老朋友啊，我們該道再會了。你一定很忙，而我呢，我正在等候一位女士。」

「再見了。」貝舒邊說話，邊走向門口。

「改天見！」巴內特說。

貝舒走了出去。正如同方才他自己說的，他的確很高興，但他同時也良心不安，於是，他決定要疏遠這個讓人頭痛的人物。

來到外頭，他看到美麗的打字員從鄰近街道的轉角處走過來，顯然她就是巴內特等待的女士。

話說兩天之後，貝舒在電影院裡看到巴內特，這次陪在他身邊的女郎，是相較之下毫不遜色的長笛教師哈維琳小姐……

chapter 6

斷橋疑案

盛夏的週二午后，巴黎一片死氣沉沉，彷彿無人的荒城。吉姆・巴內特坐在辦公室裡，架起雙腳翹在桌上。他只穿了件襯衫，手肘旁還擺了一杯低溫窖藏啤酒。綠色百葉窗阻絕了刺眼的陽光，看在挑剔的人眼裡，他這模樣就像在睡覺，但老實說，他不算微弱的規律呼吸聲多少更堅定了這種看法。

聽到有人急促地敲門，他雙腿一收，瞬時坐直身子。

「不會吧！不可能！一定是熱氣模糊了我的視線。」巴內特故作驚訝地說。

來的正是貝舒警探，他隨手關上門，略帶厭惡地打量朋友一身不夠莊重的打扮。貝舒在任何時候都保持一絲不苟的外貌，這是他的習慣。即使在這個悶熱的日子裡，他的外表依然無懈可擊，連一根亂髮都看不到。

「你是怎麼辦到的？」巴內特問道，隨後又懶懶地靠回椅子上。

「辦到什麼事？」

「讓自己看起來像張剛從冰封世界走出來的時裝模特兒圖片。我得說啊，這眞是太值得敬佩了！」

貝舒自豪地微笑。

「這不是什麼難事。」他謙虛地說。

「但我敢說，你手上的案子恐怕就沒這麼簡單了，否則你也不會深入敵營來求助，對吧，貝舒？」

貝舒漲紅了臉。這是他的痛處，他幾次碰到棘手難題，結果都不得不接受巴內特的援手，因爲巴內特的確靈光，而且幾乎到了不尋常的程度。問題是，在協助他人的同時，他總是不忘幫自己一點忙。

「這次又是什麼事？我一整天都有空，明天、後天也一樣。雖然我們保證『免費諮詢，分文不取』，但每年到了這個時候，巴內特偵探社還是沒有太多客戶上門。聽說劇院想免費招待都找不到觀眾呢，眞是的！」

「你想不想到鄉間跑一趟？」

「貝舒，你眞是老天爺的恩賜啊——雖說外表看不太出來。你手上是什麼案子？」

貝舒不由自主地牽動嘴角。

「這案子太詭異了，知名科學家聖普利教授突然去世了。」

「我聽過這個名字，但是沒在報紙上讀到他的死訊。他遭人謀殺了嗎？」

貝舒警探露出一個謎樣的表情，像極了百猜不透的獅身人面像。

「這就是我需要你協助我的地方。我的車停在附近車庫裡，去收拾一下，我們馬上走。我會在路上把案情告訴你。」

巴內特不情願地站起來，乾掉最後一口啤酒，然後爲這趟行程打理簡單的行李。

十五分鐘之後，他們搭乘貝舒警探的雙人座小車疾駛離開巴黎。

「戴波特醫師打電話給我，」貝舒說：「請我接下這個案子。他是我的老朋友，住在波佛瑞。星期一早上他打電話來，說科學家聖普利教授跌進花園盡頭的小河裡喪命，波佛瑞地方馬上要針對教授的死因展開調查。」

「這沒什麼離奇的。」

「稍安勿躁！教授當時正要穿過木板搭起的橋準備過河，但是腳下的橋突然斷裂，老先生跟著掉進小河裡，頭撞上一塊尖銳的岩石，當場斃命。」

「這麼說，木橋是不是腐朽了呢？」

貝舒警探搖搖頭。「據我的醫生朋友說，警方雖然還沒有介入，但應該也快了。那座木橋很堅固，可是——木板被鋸穿了。」

巴內特吹了聲口哨。

「所以你立刻去波佛瑞跑了一趟？」

「是的。」

「有什麼發現？」

「古怪得很。教授和女兒泰瑞絲·聖普利同住在一幢小屋裡，小屋邊相連一間相當不錯的實驗室。他們的花園是一處斜坡地，高處是草坪，接著是灌木叢，最下方是小河流，河兩岸都是崎嶇的岩石。河面上搭了一座堅固木橋，可以從聖普利家的花園通到對岸勒諾曼夫婦的翡翠別墅。

「年輕的股票經紀人路易·勒諾曼有個嬌柔美麗的妻子，名叫西西。上星期天下午，勒諾曼夫人準備和泰瑞絲·聖普利共進下午茶。而路易·勒諾曼本人整個週末都留在巴黎陪伴病弱的母親，預計在週日晚上返家。

「勒諾曼夫人穿過翡翠別墅的花園來到河邊時，突然停下腳步，驚恐地尖叫！木橋斷了，她看到聖普利教授的屍體倒臥在小河裡。她急忙奔回別墅求救，隨即昏了過去。」

「你要我怎麼幫忙呢？」

「大家把勒諾曼夫人扶到床上，把這個令人震驚的死訊告知泰瑞絲·聖普利小姐，緊接著，路易・勒諾曼飛也似地開車回到家中。他的臉色蒼白，渾身打顫。他說的第一句話是：『我趕上了嗎？快說，快告訴我。天哪，我眞是個傻子！』沒等驚訝的僕傭回答，他便瘋了般地衝到樓上妻子的房裡。夫人的女僕把事情經過告訴他。一開始他似乎還摸不著頭腦，接著，他輕步走向妻子，熱情地親吻她的雙手，邊哭邊低語：『西西，我是凶手。』」

「我得說，我還是不懂。你有一起謀殺案，有個凶手——而且是他自己招認的，那你還需要什麼？」

「嗯，事情是這樣的。我們調查過路易・勒諾曼離開波佛瑞這段期間的活動。我們知道木橋在星期六早上仍然安全無虞，因爲園丁當時還在使用。而勒諾曼先生在整個星期六下午都和他母親待在一起，晚餐後還陪伴她閒坐到十一點鐘，之後才上床就寢。老夫人的女僕和廚師都聽到他在房裡脫下鞋子的聲音——因爲他的房間與他們的相鄰。女僕發了誓，表示她半夜才聽到他關燈的聲音，因此她猜想勒諾曼先生應該是躺在床上看書。星期天早上他一直沒有離開，所以他哪兒有機會去波佛瑞，鋸穿兩座花園之間的木橋？」

「你怎麼會爲嫌犯建立如此精確的不在場證明呀？」

「勒諾曼夫人儘管驚嚇又虛弱，但已經恢復了神智。她相信自己的丈夫絕對清白。她要洗清他的嫌疑，堅持要我們徹底調查，偏偏勒諾曼先生卻不願意爲自己做任何辯護，這實在讓人無法理解。」

「你剛剛說路易・勒諾曼應該在星期天傍晚才會回到家。你知不知道他爲什麼那麼早就離開巴黎啊？」

「這個嘛，」貝舒說：「是最讓人好奇的一點。顯而易見，當老夫人用過午餐睡午覺的時候，他獨自待在老夫人公寓的某個房間裡看書。兩名僕傭都在廚房，他們證實，在三點左右，勒諾曼先生突然去找他們，表示他得立刻返家，但不想爲了道再會而打擾自己的母親。」

「動機呢？路易・勒諾曼爲什麼要謀害自己的鄰居？」

貝舒警探聳了聳肩。「我有個推論，而戴波特醫師正在爲我調查這件事。」

「沒有別的嫌疑犯了嗎？勒諾曼夫人呢？」

貝舒警探沒說話。車子離開了大馬路，轉進綠蔭小徑。他們把車開上翡翠別墅的車道，在屋外見到了戴波特醫師。

醫師說：「波佛瑞警方已經逮捕了勒諾曼先生，可我剛剛忙著打電話給警察總局說明，現在這案子正式交由你來負責了。」

「但是他有不在場證明，他留在巴黎啊，不可能鋸斷木橋的！」

醫師的臉色沉重。

「勒諾曼先生有他母親公寓的鑰匙。巴黎警方調查過他停車子的車庫，發現他在午夜過後曾經把車子開出去，他還告訴技工說天氣太熱讓他無法入眠，所以他打算去森林公園呼吸點新鮮空氣。

在凌晨兩點左右，他才開著車回來。」

「也就是說，」巴內特推論道：「他有充裕的時間開車到波佛瑞來鋸斷木橋，再回到巴黎，而女僕聽到勒諾曼先生熄燈的聲音時，才是他眞正就寢的時間。他溜出公寓時，兩名僕傭一定都睡著了。」

醫師略帶好奇地看著巴內特，因爲後者的語氣十分確定，而且很明顯的，這位先生並非貝舒警探的手下。

巴內特面帶微笑，輕鬆自若地鞠躬致意。

「讓我來彌補我朋友貝舒禮貌不周之處。我是吉姆・巴內特，靜候您的差遣，醫師。」

「他是我的朋友，不止一次地協助過我。」貝舒不情願地介紹道。「來吧，醫師，在和波佛瑞的銀行經理密談過之後，您有什麼資訊要告訴我？」

「可憐的勒諾曼先生。」醫師難過地搖了搖頭。「我多希望是由警方來發現這件事呀，然而，正義司法不容欺瞞。我找到了證據，在過去兩年間，勒諾曼先生數度將大額支票存入聖普利教授的銀行帳戶。」

「勒索？」巴內特和貝舒異口同聲地說。

「這不就掌握到動機了嘛！」貝舒得意地嚷嚷，「勒諾曼先生一定有相當足夠的原因，才會去鋸斷——」

「但是他沒那麼做！」

一名年輕女子披著色彩鮮麗的中國式罩袍，扶著樓梯的欄杆，緩緩下樓走進大廳，她的臉色灰敗，有個焦急的女僕緊跟在後。

「我要再說一次，」她的聲音微顫，聽得出壓抑的情緒，「路易是無辜的。」

「夫人，」貝舒說：「容我爲您介紹我的朋友吉姆．巴內特。」巴內特向夫人深深一鞠躬。

「如果有人有辦法達成不可能的任務，證實您丈夫的無辜，那麼巴內特是唯一的人選！然而我得承認，原本我之所以會邀他過來，是因爲您丈夫的不在場證明推翻了我的推論。而現在呢，這個不在場證明不再可信，因此，如果巴內特願意轉而協助您，我不會有任何異議。除非……」他若有所思，沒把話說完。

「噢！」勒諾曼夫人輕喊一聲，激動地握住巴內特的雙手。「請救救我的丈夫，您要求什麼酬勞我全都接受。」

巴內特搖搖頭。「我不要求酬勞，夫人，爲您服務是我的榮幸。我絕不容許任何人以爲巴內特偵探社將調查服務自貶爲商業行爲，來換取錢財。」

就在這時候，有個員警拿著一雙橡膠靴子從花園裡跑了進來。

「你在哪裡找到的？」貝舒問。

「別墅後面，在園丁放工具的棚子裡。」

靴子上有剛沾上的濕泥巴。天氣如此悶熱，唯一會帶著濕氣的泥土只可能來自小河的河道。

西西・勒諾曼驚呼了一聲。

「是您丈夫的靴子嗎？」

她不情願地點個頭。

「那麼，」巴內特說：「我們去查看那條小河吧，要把靴子也帶過去。待會兒見了，夫人。」

貝舒和巴內特在醫師和員警的陪同下穿過花園來到小河邊，下方，河水湍急地在岩石之間流動。貝舒勉爲其難地看著斷橋下泥濘不堪的踏腳處，接著又望向腳上罩著雪白鞋套的簇新漆皮鞋。

「讓我來！」巴內特豪爽地喊了一聲，拿起貝舒手上的靴子往下一跳，踩進激流邊深度及踝的泥巴當中。

「看到鞋印了嗎？」醫師焦急地問。

「有，」巴內特說：「就是這雙靴子踩出來的沒錯！」

「案情很明朗！」貝舒說：「我根本不必邀你一起來的，巴內特，而且，你恐怕也不必協助勒諾曼夫人了。說眞的，我覺得你最好直接回巴黎去。」

「我親愛的貝舒啊！」巴內特語氣中透出十分的驚訝。「你要我拋棄無助的客戶，轉身走人？你以爲巴內特偵探社可能閃躲一樁沒人看好的案件呀？」

「這麼說，你已經將勒諾曼夫人視作委託人了，是嗎？」

「有何不可呢？」

他把靴子往上遞，繼續在泥巴當中匍匐了好一會兒，隨後才費勁攀爬上來，不知怎麼著，他的表情顯得有些興奮。

「這會兒呢，」他輕快地說：「我們先去拜訪聖普利小姐，檢視兩家人的產業，然後再到村裡的小酒館去吃牛肉、喝葡萄酒。」

「這有什麼用？我的案子已經底定了。」

「而我自有辦案的方法。如果你喜歡，我可以獨力爲勒諾曼夫人進行調查，直到我的案子也底定之前，你都不必見到我。」

然而貝舒對巴內特的辦案方式顯然有些顧慮，於是他隨著巴內特沿著馬路往聖普利家走。

在路上，巴內特神情嚴肅，將一個髒兮兮的信封交給了貝舒。

「能請你幫忙我妥善保管這東西嗎？」他說：「除非我開口，否則千萬別從你內側的口袋裡拿出來。」

「這是什麼？」

巴內特神祕地一笑，伸出手指著貝舒的鼻子。

「價值非凡的鑽石，老傢伙！」

「你這笨蛋！」

這時兩人已經來到過世教授的屋前。房子所有的百葉窗全拉了下來，巴內特注意到牆面的油漆斑駁，走廊地面的鋪墊又破又舊。一名身穿舊衣的年輕女僕帶他們走進了小起居室，泰瑞絲・聖普利小姐在這裡等著接待他們。

聖普利小姐十分年輕，以年齡來說還是個少女，但無論是態度或外貌都出奇的從容成熟，高眺的個子相當敏捷。她身穿黑衣，沒有配戴任何飾品，一頭柔順的黑髮中分，順著耳際往後攏，低低地紮在後頸處。她用嚴肅的深色眼眸審視兩個男人的臉孔，她和貝舒見過面，以爲巴內特是貝舒的助手。

聖普利小姐在一張雕刻了圖紋的高背椅上坐了下來，她面色異常蒼白，卻仍冷靜。那雙白皙有力的手緊緊扯著手帕，似乎唯有透過這個管道，她的哀傷才得以抒發。

巴內特向她深深一鞠躬。

「聖普利小姐，請接受我最深切的悼念之意。」他喃喃地說：「全國都會爲令尊辭世致哀！」

「是的，」女孩低聲說：「他五年前研發出了消毒滅菌劑，到現在，所有的醫院仍都在使用。這爲他帶來名望，但卻彌補不了我們在俄國損失的金錢。」她露出一抹可憐兮兮的淺笑。

「那是怎麼一回事？」

「我父親有一半俄國血統，他把一切都拿去投資他弟弟在聖彼得堡附近的油井，後來革命分子燒毀了工廠，也謀殺了我的叔父。經歷過這個損失，我們只能儉樸度日。不過儘管窮，我父親依仍慷慨大方，不願藉由自己的發明謀取財富。他說，他最大的報酬是能夠在大戰關頭協助大家對抗疾病。但是在我父親過世前，他就快研發出另一項完全不同——可以讓他名利雙收的新發明。」

「是什麼新發明呢？」

「一項足以在漂染業掀起革命性發展的機密流程。可是我對這個流程幾乎一無所知，我父親對某些事極爲保密，且不願意讓我協助他做實驗。」她再次露出哀傷的笑容。「我只能幫他持家，不能當他的助手。再說，我最大的興趣是園藝。西西和我總能花好幾個小時來整理我們的花床，她對我一向和善，還願意用她對植物的天賦來協助我。那天下午她本來要過來喝午茶，這你們都知道，她要來教我怎麼處理果樹。可憐的西西！她要怎麼辦？」

「聖普利小姐，」貝舒說話時略顯僵硬，似乎要向她提醒自己的存在。「您曉得路易・勒諾曼遭到逮捕了嗎？基本上，這個案子完全不利於他。」

她點點頭。

「路易・勒諾曼爲什麼會做這種事？您猜得出原因嗎？」巴內特唐突地問。

「這是說，『如果』眞是他下的手。」泰瑞絲輕柔地說：「要記得……現在一切都還沒得到證實。」

「如果眞是他，那麼他又是爲了什麼原因？他的生活富裕，前途看好，家中有迷人嬌妻——」

「他們不顧她家人反對結了婚。」女孩打斷他的話，「路易・勒諾曼原本是個身無分文的職員，拿妻子的錢去投資才成了有錢人。她的家人認爲他是爲了錢才娶西西，但是當然了，這並非事實。再說，西西深愛自己的丈夫，只要他不在身邊就會嫉妒。我甚至懷疑她會不會嫉妒他和我父親一起待在實驗室裡。我還在猜想，當他偶爾借錢給我父親時，她是不是也會介意。但請別誤會，我不是要否認西西的慷慨。我只是說，當事情與她丈夫攸關時，我總懷疑她是否能泰然以對，你們應該瞭解吧？」

巴內特饒有興致的聆聽，而貝舒顯然覺得無聊。

「聖普利小姐，」巴內特說：「我想請您幫個忙。我可不可以參觀令尊的實驗室？」

她沒多說，便直接帶著他們穿過走廊，推開一扇貼了毛氈的門之後，就是一處寬敞通風的白色建築。

實驗室和房子本身形成了強烈的對比，這地方既新又乾淨。好幾排玻璃小瓶整齊地放置在架子上，工作台上擺著亮晶晶的乾淨玻璃皿。在一片讓人目眩的白色當中只有一個黑影——一件沾了泥巴的外套垂掛在凳子上。

「那是什麼？」巴內特問。

「我可憐的爸爸，那是他的外套。」泰瑞絲說：「他們抬他進實驗室裡急救時脫掉了他的外套，但是他應該當場就氣絕身亡了。」

「這些都是他的化學藥劑嗎？」巴內特指著閃閃發光的玻璃瓶。

「是的——啊，一想到他再也用不到這些東西——」她稍稍偏開頭，「我父親多麼愛這個地方哪，我一直認爲路易・勒諾曼也一樣。西西不喜歡是因爲她不瞭解呀。她愛花，愛一切美麗的事物，但是她認爲科學是醜陋、令人厭惡的。當我父親和她丈夫在實驗室裡討論事情的時候，我看過她對著窗戶揮舞拳頭。」

「嗯，聖普利小姐，難爲您了，在如此痛苦又難過的處境當中，您還願意提供我們這麼多協助。不瞞您說，我已經有了一個小小的發現。」

「什麼發現？」貝舒追問。

「哈，我就曉得你會想知道。嗯，我正在尋找謀殺案的動機。你掌握了謀殺犯，而我很快會找出動機。這不就得了嘛！」接著，他急忙掩飾雀躍的心情，拿出紳士派頭向泰瑞絲・聖普利道別，和貝舒一起離開。

兩人來到花園的柵門邊，醫師和員警在這裡等著他們。

「我們一直在等兩位，」醫師說：「找到凶器了。」

員警舉起一把中等尺寸的鋸子。

「你們在哪裡找到的？」貝舒急切地問。

「在月桂樹叢當中，離找到靴子的工具棚不遠。」

「瞧，」貝舒興奮地轉頭對巴內特說：「上面有『翡翠別墅』的字樣。」

「眞有趣啊，」巴內特回應說：「貝舒，我瞧你這案子越來越清楚了。我幾乎要希望自己沒離開巴黎，這裡的天氣一樣熱啊。事實上，我越來越熱了。大家去本地旅店喝一杯，如何？醫師，您一塊來好嗎？」他邀請大家同行。

「我很樂意加入您及您同僚的行列。」醫師回答。

聽到「同僚」這個字眼，貝舒的微笑不免有些扭曲，他眞心希望自己沒邀巴內特一起來調查這個案件。

* * *

悶熱的傍晚過後，夜裡迎來了一場暴風雨。在雷電交加之下，巴內特仍然徹夜好眠。翌日天氣不但晴朗，且涼快許多。

貝舒告訴他的朋友，預審法官將在這天下午在聖普利家中審問路易・勒諾曼。

「今天早上我必須去打點必要的程序，」他邊喝咖啡邊說：「你難道不想改變心意，回巴黎去嗎？」

「眞遺憾啊，沒想到我的陪伴會讓你感覺到這麼無趣。」巴內特傷感地說，一邊點了第三杯巧克力聊表慰藉。

「那好吧！」貝舒的心情不太好。他離開旅店，巴內特繼續進攻另一顆半熟的白煮蛋。

吃完早餐之後，吉姆・巴內特裝扮光鮮，前往翡翠別墅。勒諾曼夫人在起居室裡接待他，兩人交談了超過一個鐘頭的時間。訪談結束前，他們還走進了路易・勒諾曼的書房。當貝舒踏上翡翠別墅的車道時，正好透過敞開的窗口看到巴內特和西西・勒諾曼彎著腰站在書桌前面。

巴內特走出大廳迎接他的朋友，彷彿把翡翠別墅當成自己的家業。

「貝舒，歡迎，歡迎。恐怕你不能求見勒諾曼夫人唷，她太疲倦，而且有些歇斯底里，考慮到她今天下午還要飽受折磨，她最好去休息。夫人果眞迷人，相處起來令人十分愉快——」他沒把話說完，而是停下來沉思。

貝舒咕噥抱怨。「我來找你是爲了告訴你一些消息。」

「什麼消息？」

「我們搜了路易・勒諾曼的身，找出一本他隨身攜帶的記事本，上面記錄他在過去六個月左右支付的款項。其中一次付款是在三個星期之前，金額是五千法郎，收受者是『S』，旁邊寫著『最後尾款』。經過調查，我們發現這筆錢付給了聖普利教授。巴內特，案情對勒諾曼非常不利，我眞的覺得你該現在就放手。」

然而巴內特只說了句：「我要去吃點午餐了，你呢？」

審訊在三點鐘開始，地點選在聖普利家狹小的餐室裡。路易・勒諾曼坐在一頭，身邊有兩名員警，他的眼光一直沒離開地面。法官和貝舒低聲交換意見，戴波特醫師若有所思地盯著窗外看。

巴內特陪著勒諾曼夫人走進來，她臉色十分蒼白，得靠巴內特的手臂扶持。夫人坐在一張低背椅上，緊張又迅速地環顧周遭。她的丈夫似乎沒注意到她，整個人陷入了自己沮喪的情緒當中。

接著走進餐室的是泰瑞絲・聖普利，她一出現，就帶來了安撫人心的效果。她走到西西・勒諾曼身邊，滿懷同情地伸手環住好友的肩膀，但是勒諾曼夫人卻猛一閃身躲開。

法官幾乎是立刻就開始審問了，他聆聽著戴波特醫師用平穩沉悶的語氣所提出之醫學證據，證明聖普利教授確實是因墜河而身亡。

法官接著開始盤詰路易・勒諾曼。

「星期日凌晨，你有否將車開出巴黎的車庫？」

「有。」

「你把車開到哪裡？」

嫌犯保持緘默。

「回答我！」

「我眞的忘了。」

貝舒意味深長地看了巴內特一眼。

「你是否不定時會支付給聖普利教授大筆的金錢？」

「是的。」

「爲了什麼原因？」

路易・勒諾曼稍有猶豫，接著才呑呑吐吐地回答：「協助他進行研究。」

貝舒對他的憐憫和不屑顯而易見。

警方拿出一本小筆記簿。

「這是你的東西嗎？」

嫌犯承認了。

「裡頭你記載了幾筆不同的支出款項，其中有一筆五千法郎的支出日期是一個月之前，上面寫的是『S。最後尾款』。這張支票是付給聖普利教授的嗎？」

「是的。」

「你能不能說出你遭到──勒索的原因？或是其中的內情──」法官似乎急著想提供勒諾曼辯解的機會。

「我無話可說。」

「聖普利教授是否習慣在週日下午到你的府邸下棋？」

「是的。」年輕的勒諾曼先生沉著臉說。

「你有沒有鋸斷木橋？」

嫌犯一言不發。

「你不否認這雙膠鞋是你的？」貝舒拿出橡膠靴子。

嫌犯顯得有些訝異，但是沒有抗辯。

貝舒說：「我認爲案情很明朗。」

「沒錯，的確如此。」巴內特說：「再明朗不過了，如同水晶，如同鑽石一般透澈。貝舒，能不能請你拿出我託你保管的信封？」

貝舒有種不祥的預感，他從內側口袋裡掏出髒兮兮的信封。

「打開它！」巴內特命令貝舒。

後者聞言照做，拿出了——一只鑽石耳環！

西西・勒諾曼輕抽一口氣。她的丈夫先是跳了起來，接著又沉沉地坐回椅子上。

「有哪位可以指認這件精巧的珠寶證物？」巴內特問在場的所有人。

戴波特醫師顯得非常憂心。這可憐的人，他的生活原本寧靜，如今卻出現了惱人的波折！

「這對耳環——」他停了一下，才說：「是前一陣子勒諾曼先生送給夫人的禮物！」

「是這樣嗎？」貝舒詢問路易・勒諾曼。

後者點頭作回應。

西西低下頭，埋入雙手掌心當中。泰瑞絲憐憫地對她伸出一隻手，卻被她狂亂地揮開。

「您看過這對耳環，」巴內特繼續說：「但是您猜不到我們在哪裡找到這一只的。不過貝舒警探會告訴您，我們是在小河邊的泥巴裡找到的，也就是大家發現聖普利教授屍體的地方！」

「可以請您告訴我們嗎？夫人，」法官詢問西西・勒諾曼：「您在星期天下午是否佩戴著這對耳環？」

年輕的夫人抬起頭來搖了搖。

「我——我不記得上次在什麼時候戴這對耳環！」她顯然很困惑。

「請見諒，夫人，可我仍然得問，請問您是否在星期六晚上離開過別墅。」

法官的語氣雖然溫和，但仍聽得出隱約的威脅之意。路易・勒諾曼的嘴角痛苦地抽動。

「我——我——」她一個一個地看著餐室裡的每一個人。「嗯，我想，我的確離開過。天氣好熱……我到花園待了一會兒……」

「是在您上床就寢之前嗎？」

「是的——不對——不完全是。我回房去過，但是沒有更衣。之前我就讓女僕先上床睡覺了，可我熱得難受，所以穿過自己小客廳的落地窗走到花園去。」

「所以沒有人聽到您進出的聲音？」

「沒有，法官。」

「然後，您在星期天下午去找聖普利小姐共進午茶？」

「是的。」

「在下午四點鐘？」

「那是——」

泰瑞絲·聖普利的聲音猶如低沉的鐘響，輕柔地打斷了勒諾曼夫人的話。

「妳難道不記得了嗎，西西？我們事先約定過，妳過了三點鐘就過來找我，但如果妳到四點鐘還沒出現，就換成我到翡翠別墅去。我正準備去找妳，事情就發生了。」

接著她轉頭對法官說：「您曉得麼，我們本來要一起規劃花園的植栽，但這陣子西西一直不太舒服，她覺得自己可能不願在豔陽高照的花園裡走動。所以那天下午，我打算讓她留在她自己的小客廳裡，然後在裡面和她一起喝茶。」

「是這樣嗎，夫人？」法官質問西西·勒諾曼。

「我——我不記得了，啊，說不定眞是這樣。」

「但是——但是，」這個新發現讓貝舒開始結巴，「如果聖普利小姐您早個幾分鐘準備好，到別墅去赴約，那麼喪命的人可能會是您！」

「這個環節就有問題出現了，」巴內特四平八穩地說：「這個陷阱的目標是誰？是路易·勒諾曼設下陷阱來謀害聖普利教授嗎？諸位別忘了，老教授經常心不在焉，況且，在週日下午到鄰居家下棋已經成了他的習慣。或是說，路易·勒諾曼是針對他的妻子才這麼做？莫非他想對聖普利小姐下手？」

「或者，」貝舒看到巴內特成了眾人的焦點還侃侃而談，開始有些惱怒。「會不會是勒諾曼夫人鋸穿了橋，因為她猜到聖普利教授會過橋？大家回想一下，聖普利小姐方才告訴過我們——」

泰瑞絲·聖普利顯現出一頭霧水的模樣。

「我那些話不是這個意思，」她驚呼，「我只是說，西西看到她丈夫和我可憐的父親那麼親近，有時候會覺得嫉妒。但那又不是什麼大不了的事！可憐的好姊妹，只要和路易——勒諾曼先生——有關，她總愛嫉妒。她甚至曾經——」她突然停了下來，靜靜地沒說話。

「她甚至怎麼樣，聖普利小姐？」法官追問。

「噢，說起來真是太傻氣了。不過我曾經納悶地猜，不曉得她是不是有些嫉妒我！勒諾曼先生曾經找我學過俄文，他對俄文很感興趣，所以我們自然花了些時間相處。我甚至在想，西西會不會——會不會在窺探我們，那段時間，她的舉止好奇怪。不過，請各位不要誤解我的話，我沒有暗示也沒有半點指控她的意思。」

「但聖普利小姐沒說錯，」巴內特嚴肅地說：「勒諾曼夫人對於她的丈夫和聖普利小姐之間的關係的確有種古怪到近乎不可思議的念頭。她想像——請恕在下無禮——聖普利小姐半強迫性地教勒諾曼先生俄文，因為她相信，除了俄文之外，小姐您希望自己還能教授勒諾曼先生其他的項目！勒諾曼夫人一度荒唐地妄想，以為她看到她的丈夫親吻您，小姐，就在花園盡頭的夏日小屋裡。然而，在整個案件中最讓人無法相信的部分，是夫人從來沒真正懷疑過自己的丈夫，她相信他和大多數的男人一樣，有可能一時受到吸引，卻不至於犯下不忠的罪行。她眞是個容易信任他人的女人，但是這樣的寬容恐怕很難延伸到假想敵身上。

「好，星期天下午，有個女人在波佛瑞打了通電話給住在老夫人家中的路易・勒諾曼，告訴他一些可怕的事；事實上，恐怖的敘述足以讓他開著車疾駛回家，試圖扭轉悲劇。可是他仍然遲了一步——慘劇已經發生。只不過這個慘劇和他心裡最害怕的情況截然不同！今天，一名女子在各位的面前訴說了一個模糊又毫無根據的故事，表示自己星期六晚上到花園遊蕩，說不定還眞的邀請了她的朋友來家中喝茶，而不是去對方家裡找她。然另外一方面呢，請各位想像一個因嫉妒和憤怒而近乎瘋狂的女人，她在電話中說了些冰冷又憤怒的話：『她不能再介入我們兩人之間了，她，唯有這個女人才是我倆愛情的障礙。你爲了她，對我的懇求完全充耳不聞，但是很快地，很快，這個障礙就會被移除！』」

「諸位，你們要相信哪個故事？」

「答案顯然只有一個，」法官說：「前提是您必須有所本。倘若西西・勒諾曼眞的在那天下午打了電話到巴黎找她的丈夫，那麼一切就會有更多合理的解釋！」

「我說過是西西・勒諾曼打的電話嗎？」巴內特一派驚訝。「這和我的想法——尤其和事實——完全是背道而馳！」

「那麼您究竟是什麼意思？」

「就是我話中的意思。從波佛瑞撥打到巴黎的電話，是來自一個因嫉妒和挫折而陷入瘋狂的女人，她迫切地想摧毀與她競爭路易．勒諾曼感情的敵手——」

「這女人不就是西西．勒諾曼！」

「這話錯得離譜！我可以向您保證，那通電話與她完全無關。」

「那麼您指控的是誰？」

「另一個女人！」

「但這裡只有兩個女人——西西．勒諾曼和泰瑞絲．聖普利。」

「正是如此，既然我不是在指控西西．勒諾曼，那也就是說，我正在指控……」

巴內特沒把話說完。室內只有駭人的沉默，沒有人預見到這個直接卻又出人意表的指控！泰瑞絲．聖普利這時正站在窗邊，她的臉色慘白，渾身顫抖。她猶豫了好一會兒，突然間，她跳過低矮的陽台，往下跑向花園。

醫師和員警想追過去，但迎面撞上擋在前頭的巴內特。

員警憤怒地抗議：「這樣她會逃脫！」

「我不這麼想。」巴內特說。

「您說得沒錯，」醫師驚恐地說：「但我擔心的是別的……是更嚴重的情況！沒錯，看，你們看！她跑向小河邊，朝她父親喪命的木橋跑過去了。」

「然後呢？」巴內特的態度異常平靜。

他讓開路，醫師和員警閃電般地衝出窗外，他隨手關上窗。接著，他轉頭對法官說：「您現在明白所有細節了嗎，法官先生？對您來說夠清楚吧？泰瑞絲・聖普利試圖在無傷大雅的調情之外，進一步挑起路易・勒諾曼對她的熱情，然而這個嘗試徒勞無功。這麼多年來，泰瑞絲・聖普利對於奢華和享受充滿了飢渴，突然間，她對西西・勒諾曼的恨意遮蔽了一切。她太過驕傲，不願相信路易・勒諾曼打心裡無意接受她的愛慕，讓他鍾情的只有自己的妻子。聖普利小姐認為，一旦除掉西西・勒諾曼，她必定能恣意妄為。於是她設計了駭人聽聞的冷血謀殺計畫來殺害她的情敵，沒想到竟害死自己的父親！那天晚上她鋸穿木橋，沒有任何人看見她。第二天，熾烈的愛火蒙蔽了她的理智，她在悲劇發生之前打了電話，將自己的作為告訴路易・勒諾曼。

「當她得知自己的陰謀引發了意料之外的結局後，她立刻決定將罪名往西西・勒諾曼身上推，一來可以拯救自己，二來又可以順理成章地除去情敵。她懷抱著這種想法，在星期天晚上偷來西西的一只耳環丟進河道，然後編出一段西西嫉妒老教授的說詞。接著，在這間餐室裡，她又想到了一個可信度更高的故事，她想讓我們以為斷橋謀殺案的目標不是她父親，而是她！」

「那麼您怎麼解釋橡膠靴和鋸子這兩件證物呢？」法官問道。

「勒諾曼夫婦和聖普利家共用一處工具間，共用所有的園藝工具。」

「您是怎麼發現泰瑞絲・聖普利這個計畫的呢？」勒諾曼首度開口說話。

「是我幫忙他的，」西西很快地回答：「親愛的，我從頭到尾都知道你在這件案子裡扮演的角色，因爲顧慮到自尊，才沒向你坦承。我怕你會以爲我是出自於嫉妒，而且因爲我父母曾經反對過我們的婚姻，才想要讓你顏面無光。」

「這麼說，妳願意原諒我了？」

她衝過餐室跑向丈夫，伸手環住他的脖子，當作回應。

「但是，」法官提出異議：「筆記簿上寫的『最後尾款』又是什麼意思？」

「沒什麼，」巴內特說：「聖普利教授對路易・勒諾曼表示這是他所需的最後一筆款項，因爲他的研究即將完成。」

「怎麼樣的發明呢？」

「足以爲漂染業帶來革命性的發展。顯然，他急著想到翡翠別墅讓朋友看他的發明，但在他臨死前，河水卻將東西沖走了。眞是慘痛的損失啊！」

「那麼勒諾曼先生那天晚上究竟開著車到哪裡去？」

「讓他自己來告訴我們吧！」

「我開著車，」方才還是嫌犯的勒諾曼說：「到郊區待了一會兒。我眞的說不出確切的地點。我會開車出門實在是因爲天氣太熱，我睡不著，但沒有人可以證明我說的是眞話。」

這時員警回來了，他的臉色蒼白至極。

巴內特打個手勢，要他說話。

「她死了！」他結結巴巴地說：「她跳下去──那裡，就在教授喪命的同一個地點！醫師要我來告訴大家。」

法官的臉色沉重。

「唉，或許這樣最好，」他說：「但至於您呢，先生，」他轉頭面對巴內特，和他握手致意。「司法單位差點要犯下嚴重的錯誤。」

貝舒沒說話，尷尬地站在原地。

「走吧，貝舒，」巴內特拍拍貝舒的肩膀，「我們可以離開了，去整理行李了，我想在今晚回到拉柏德街。」

* * *

兩人再次獨處時，貝舒說：「呃，我得承認，沒想到你這麼快就釐清了案情。」

「親愛的好貝舒啊，這沒什麼，就像我所有的小冒險一樣。那個女人對她的丈夫眞是有信心！」

他安靜了一會兒，默默地讚美他的委託人。

「話說回來，」貝舒說：「縱然你的表現不凡，但我仍看不出這次你能從中撈到什麼好處！」

巴內特的眼神越來越迷濛。

「教授的實驗室眞漂亮，」他說：「順道一問，貝舒，你知不知道國內最大的漂染廠在哪裡？最近我可能有機會去拜訪一下！」

貝舒怪異地倒抽了一口氣，像極了正在緩緩消氣的氣球。

「我又著了你的道！」他氣若游絲地說：「你偷了那張紙——寫著機密配方的紙……」

吉姆・巴內特似乎很受傷，出口抗議道：「老夥伴，這攸關同胞及國家的利益，你所謂的『竊盜』其實是純然的英雄之舉。責任與義務的聖潔之火，在我這個平凡人的胸中熊熊地燃燒。」他意味深長地拍打自己的胸膛。「對我來說，當事情與責任義務有關，我永遠隨時準備效力，責無旁貸。懂了嗎，貝舒？」

然而貝舒只覺得沮喪。

「我眞想知道，」巴內特若有所思地說：「他們會如何替這個新流程命名？我有個挺合適的名稱——算了，別拿我的想法來煩你，貝舒。只是我覺得啊，如果用這個名字來申請專利，一定會讓人備感窩心——不如就叫『羅蘋』吧！」

chapter 7

巧合出奇蹟

貝舒警探接到指派，負責釐清古塔堡事件的疑點。他帶齊相關資料，搭乘夜車來到法國中部，在克亥下車，第二天早晨，有車會過來接他到馬蘇瑞村。抵達馬蘇瑞村之後，他先參訪了古塔堡，這座佔地廣闊的古老城堡蓋在克勒茲河灣邊的岬角上，是喬治·卡瑟馮的居所。

四十出頭的喬治·卡瑟馮是個富有的企業家，身兼議會主席，掌握了豐沛政商人脈。他的體格健壯、相貌平庸，但是態度坦誠直率，頗受人尊敬。既然古塔堡是他的產業，他立刻提議帶領貝舒參觀。

他們先穿過一片栽種了栗子樹的美麗花園，接著來到壯觀的塔樓廢墟，這地方是馬蘇瑞村僅存的封建時代遺跡，狹窄的塔樓直指向天，環繞在下的克勒茲河則順著岩石河床緩緩流動。

河岸對面那側是亞斯卡家族的產業，離河岸十二公尺之處矗立著一堵大壩般的石牆，濕氣讓偌大的石塊閃爍發光，石牆往上五、六公尺之處，有一片圍著欄杆的露天平台，再過去，則有一條花園小徑。

這個地方人跡罕至，十天前的早上六點，有人在河床的大石塊上發現了祥恩・亞斯卡這位年輕伯爵的屍體。除了因高處墜落而在頭部留下痕跡外，屍體上不見別的傷口。然而對面平台上有一截新近折斷的樹枝，樹枝仍垂掛在樹幹上。依據這些證物，大家推斷這樁悲劇應該是伯爵先爬到樹上，接著才摔落河床。因此，這是意外事件，相關單位也核發了下葬許可。

「但是，這位年輕的伯爵爬到樹上去做什麼？」貝舒問。

「登高，以便更接近這座高塔，這地方孕育了古老的亞斯卡家族。」喬治・卡瑟馮回答。

接著，他補充道：「我不再多說了，貝舒警探。您別忘了，是我堅持要警察局將這件任務交派給您。事實上，這一陣子大夥兒說長道短的，有些毀謗的言語直接影射我本人，我希望這些蜚短流長能有個了結。請您四處調查提問吧！我特別要請您登門拜訪亞斯卡小姐，她是年輕伯爵的姊姊，也是家族唯一的繼承人。在您結束調查，要離開本地的那天，請您過來打聲招呼。」

貝舒一刻也沒有浪費，他來到高塔下方巡視，檢查高塔內部成堆的瓦礫，這些瓦礫碎片來自於坍塌的塔頂和樓梯。接著，他回到村鎮中心拜訪了神父和村長，隨後才到小旅社用餐。下午兩點，他來到連接平台的狹長花園，一座毫無風格可言而稱之為「農莊」的破舊建築物，將這片平台一分爲二。他有請一名年邁女僕向亞斯卡小姐通報，後者立刻在布置簡單的低矮小廳裡接待他。這會兒，亞斯卡小姐正和一位先生談話。

亞斯卡小姐起身相迎，廳裡的男人也站了起來。貝舒看到了吉姆・巴內特。

「啊！我的好朋友，你終於到了！」巴內特高興地喊著，一邊伸出手來。「我今天早上在報紙上看到新聞，知道你要到克勒茲省來，立刻開著我那輛四十馬力的愛車趕了過來，希望能幫上你的忙，我可是一直等著你咧。亞斯卡小姐，容我爲您介紹貝舒警探，警察總局特別派出的調查專家。有他在，您可以安心了，他必定早就開始調查。他是我見過最幹練的警探，當眞是高手中的高手。你說說話吧，貝舒。」

貝舒說不出話來，實在太震驚了，他萬萬沒想到自己會在這裡看見巴內特，後者的出現讓他失措又惱怒。又是巴內特！陰魂不散的巴內特！難道他走到哪裡都擺脫不掉巴內特，非得忍受對方令人厭惡的協助？巴內特插手辦案只爲了詐財，這難道不是昭然若揭的事實？

何況貝舒現在能說什麼呢？到目前爲止，他仍然深陷在一團迷霧當中，完全沒有任何成果可以炫耀。

貝舒只得保持沉默，巴內特接著說：「呃，是這樣的，小姐，貝舒警探早已透過可靠的基本資訊推斷出結論，但是他堅持要和您面談，好再次確定他的判斷。既然您和我還沒談到眞正的重點，我是不是可以請您談談對這樁悲劇的看法，讓我們對令弟亞斯卡伯爵的死亡有進一步的瞭解。」

伊麗莎白．亞斯卡身材高眺，膚色白皙。她覆著面紗，身上穿著喪服，散發出莊嚴樸素的美，儘管強忍住悲傷，嚴肅的臉孔仍不時顫抖。

她說：「我很希望能夠保持緘默，不去指控任何人。但既然兩位把如此沉重的責任放在我身上，我也做好了心理準備，願意回答您的問題，先生。」

巴內特繼續說：「我的朋友貝舒警探希望知道您最後一次見到伯爵是什麼時候？」

「是在晚上十點鐘，那時我們愉快地一起用晚餐，和平常沒有兩樣。我很疼愛祥恩，他比我小好幾歲，幾乎是我一手帶大的，我們相處得很融洽。」

「那天晚上他出過門嗎？」

「他在天還沒亮的時候出去了一會兒，大約在凌晨三點半左右。我們的老女僕有聽到他出門的聲音。」

「您知道他要到哪裡去嗎？」

「前一天晚上他對我說過要去平台上垂釣，那是他最喜歡的娛樂。」

「這麼說，從三點半起直到他屍體被人發現的這段時間當中，您完全沒有資訊可以提供給我們？」

「有的。六點十五分的時候，我聽到一聲槍響。」

「其實還有別人聽到，但那應該是盜獵者的槍聲。」

「我也是這麼想。但我還是很擔心，便起床穿衣。當我走到河邊平台的時候，看到對岸已經有人，他們將他抬上城堡的花園裡，因爲我們這側的斜坡實在太陡峭了。」

「這聲槍響不可能和這個事件有關，對吧？否則驗屍的時候應該會看到彈孔，但實際上並沒有。」

巴內特發現亞斯卡小姐略有猶豫，於是繼續堅持道：「請您回答我的問題。」

她說：「不管事實如何，我還是要說，依我看，這兩件事絕對有關聯。」

「怎麼說呢？」

「首先，是因爲絕無別的可能。」

「不可能是意外嗎？」

「不會的，祥恩的身手非常靈活，而且相當謹慎。他絕對不可能將自己的性命寄託在一根細細的樹枝上。」

「但是，樹枝的確折斷了。」

「沒有任何實據足以證明是祥恩在那天夜裡折斷了樹枝。」

「那麼，小姐，您認爲這是樁命案？」

「是的。」

「您甚至在人面前指控了凶手。」

「沒錯。」

「貝舒警探想知道的，是您憑何證據這麼說。」

伊麗莎白想了想。看得出來，要再次喚起可怕的回憶讓她十分痛苦。然而，她仍然做出了決定，說：「那麼請聽我說吧，爲了說明這件事，我必須提起一件發生在二十四年前的事。當時我父親的代書捲款潛逃，讓他陷入破產的窘境，爲了償還債務，我父親不得不向克亥的富商借貸。這名富商借了二十萬法郎給我父親，唯一的附帶條件是：假如我們在五年後不能還清款項，亞斯卡家族在馬蘇瑞村的城堡和土地就必須歸屬他。」

「這位富商是喬治・卡瑟馮的父親嗎？」

「是的。」

「他想要這座城堡？」

「他一心想拿到手，曾經有好幾次想買下城堡。結果，過了四年又十一個月之後，我的父親因腦溢血過世，老卡瑟馮通知我的叔父和監護人，表示我們只剩下一個月的時間來還款。我父親過世的時候什麼都沒留下來。祥恩和我被趕出城堡，當時我們有位叔父住在這座農莊裡，靠著小筆年金度日，他好心收留了我們姊弟。不久之後，他跟著過世，接著老卡瑟馮先生也走了。」

巴內特和貝舒仔細地聆聽，巴內特巧妙地引導亞斯卡小姐。他說：「我的朋友貝舒看不出這和眼前的事件有什麼關聯。」

亞斯卡小姐用略帶驚訝和輕視的眼神看著貝舒警探，她沒有正面回答，而是繼續說：「於是，祥恩和我孤伶伶地在這座農莊裡長大，眼睜睜地看著對面的高塔和城堡，這些原來都是我們家族的產業。祥恩一年年長大，漸漸懂事，開始有成年人敏銳的感受，對他來說，這一切都是折磨。當年，我們從原本應該屬於他的世襲領地被趕了出來，他實在難以釋懷。在上課或休閒之餘，他經常花個好幾天時間去翻閱舊資料，閱讀有關家族歷史的書籍。就是因為這樣，他才會在一本舊書中找到我父親自記的帳目。父親在這本帳目中記下他過世前幾年間的存款，這些錢都是辛苦存下，或是變賣土地的所得。帳簿中還夾著銀行收據。我去過那間銀行，查到我父親在過世的一個星期之前，曾經從存款中提出了二十萬法郎，然後把帳戶結清。」

「這個金額和他在幾週之後應該要償還的借貸相同。那麼，他為什麼沒有立刻還錢？」

「我不知道。」

「為什麼他不用支票還款？」

「我也不曉得。我父親有他自己的習慣。」

「所以，依您看，他有可能把這二十萬法郎藏起來了嗎？」

「是的。」

「可是，他會把錢藏在什麼地方呢？」

伊麗莎白・亞斯卡將一份文件交給巴內特和貝舒，這份資料約莫二十頁，上面寫滿了數字。

「答案應該在裡面。」說完話，她翻開帳冊的最後一頁，有人在紙上畫了四分之三個圓形，圓形的右邊有個較小的半圓弧形。小半圓被四道斜線切開，在其中的兩道斜線之間有個小十字記號。這些線條和圓弧先是由鉛筆草繪，然後再用墨水重描。

「這代表什麼呀？」巴內特問。

「我們花了許多時間研究，」伊麗莎白回答：「最後，我可憐的祥恩才猜到這張圖代表的正是古塔堡外圍輪廓的縮圖。這張圖和城堡地圖一樣，同樣有大小不等但彼此相連的兩部分，四條斜線代表的則是城牆上砲眼的位置。」

「那麼，這個十字記號，」巴內特接口道：「應該是亞斯卡伯爵在還錢的期限到來之前，用來藏這兩百張鈔票的地點。」

「是的。」年輕的亞斯卡小姐簡潔地回答。

巴內特想了想，看著手上的文件，然後說出結論：「的確頗有可能。亞斯卡伯爵很謹慎，事先標記出藏錢的位置，但因爲猝死，所以沒機會說出來。但是我覺得這應該就夠了，你們可以請卡瑟馮先生的兒子同意……」

「同意讓我們爬上塔樓？我們正是提出這個要求，而和我們一向關係冷淡的喬治·卡瑟馮友善地接待了我們姊弟。但問題是我們要怎麼爬上高塔？樓梯早在十五年前就坍塌了，到處都是石堆，塔頂也幾乎風化……沒有任何梯子——就算一個個相連也一樣——可以讓我們爬到三十公尺高的砲口附近，攀爬更是不可能的事。幾個月來，我們私下長談、計劃，還畫了草圖，最後……」

「最後不歡而散，對吧？」巴內特說。

「對。」她紅著臉回答。

「喬治・卡瑟馮愛上了您，向您求婚，可遭您婉拒之後，大家撕破了臉，他再也不允許祥恩・亞斯卡踏上他在馬蘇瑞村的土地。」

「情況的確如此。」年輕的伊麗莎白說：「但是我弟弟沒有放棄，他想要拿回那筆錢，用來買回我們一部分的土地，或是像他說的，讓我帶著一筆嫁妝出嫁。他擺脫不掉這個想法。他住在高塔的對面，一天到晚看著塔，設想出千百種登塔的方式。天一亮，他就會去練習射箭。他先在箭上綁了細繩子，然後在細繩尾端又繫了條粗繩索，希望射出去的箭能剛好落在高塔上，讓細繩將粗繩索拉過去。他甚至準備了六十公尺長的繩索，可惜，他的嘗試沒有成功，失敗讓他意志消沉。在他過世的前一天，他對我說：『姊姊妳知道麼，我之所以這麼努力，是因為我對結果有信心。我們一定會得到好結果，我有預感，會有奇蹟出現。不管是事在人為也好，是老天爺的恩賜也好，奇蹟一定會出現。』」

巴內特接著問：「您認為他是在嘗試新方法的時候過世的嗎？」

「絕對是這樣。」

「因為繩索不在原來的地方？」

「繩索還在。」

「那麼，您有什麼證據？」

「就是那聲槍響。喬治．卡瑟馮在無意間發現我弟弟，於是開槍射擊。」

「喔！」巴內特大聲回應：「您覺得喬治．卡瑟馮有本事這麼做？」

「沒錯。他是個容易衝動的人，雖懂得自制，但這種天性依然可能讓他做出極其暴力的舉動……甚至是犯下命案。」

「他開槍的動機呢？爲搶奪您弟弟拿到手的錢嗎？」

「我不知道，」亞斯卡小姐說：「而且，我也不知道他怎麼謀害我弟弟，因爲祥恩的屍體上沒有槍傷。但我就是確定。」

「就算是這樣，您還是得承認您的推論單純出自於直覺，缺乏事實作基礎。」巴內特說：「我必須告訴您，就司法層面來說，這完全站不住腳。喬治．卡瑟馮有可能在一怒之下控告您毀謗，我說得對嗎，貝舒？」

亞斯卡小姐站起身來。

「這不重要，先生，」她嚴肅地反駁：「我不是爲了想替我弟弟復仇才說這些話，懲罰兇手並不能換回他的性命。我只想揭露出眞相。如果喬治．卡瑟馮想控告我就去告，我本著良心，做該做的事。」

她頓了一下，才加上一句：「但是他不會作聲的，這點您可以確信，先生。」

這次的會面就此結束。吉姆・巴內特沒有繼續追問，亞斯卡小姐不是容易受到恫嚇的人。

「小姐，」他說：「打擾了您寧靜的生活，請您見諒，但是爲了找出眞相，我們不得不這麼做。我們向您保證，貝舒警探一定會從您的說法中找出對案情有幫助的資訊。」

他行禮告辭，走了出去。貝舒致意之後也跟著離開。

到了外面，貝舒警探仍然沒有說話，他繼續保持沉默，這不只是默默抗議兩人間讓人越來越惱怒的合作關係，同時，也爲了掩飾混沌不明的案情所帶來的不安情緒。相較之下，巴內特顯得格外興奮。

「你是對的，貝舒，我知道你在想什麼。亞斯卡小姐的說法當中有好有壞，有是有非，有些狀況有可能，有些則否。此外，年輕伯爵的做法也未免太孩子氣。如果這可憐的年輕人眞的登上塔頂——恕我直言，我和你私底下看法不同，我相信他辦得到——全得歸功於某個由他全心喚來，非我們能想像，而且不可思議的奇蹟。既然是這樣，那麼，問題便在於這個年輕人如何能在短短的兩個小時之內計劃完成，並且還能做好準備、登塔後回頭，才於聽到槍響後墜落河谷……重點是，身上還沒有槍傷？」

吉姆・巴內特若有所思，重複自己的話：「聽到槍響……沒有中槍……對，貝舒，這其中必有蹊蹺。」

＊　　＊　　＊

那天晚上，巴內特和貝舒在村裡的小旅社再次碰面，兩人各佔一角用餐。接下來的兩天情況相同，兩人只有在用餐時候才會碰面。其他時間裡，貝舒繼續自己的調查，而巴內特則在農莊的花園裡四處打轉，坐在離河邊平台稍遠之處的斜坡草坪上，從這個位置望出去，眼前剛好是古塔堡和克勒茲河，他偶爾抽根菸，有時候釣魚，一邊天馬行空地胡思亂想。要發現奇蹟不能光靠尋找，重點是要讓奇蹟自然出現。祥恩・亞斯卡在天時地利的情況下，究竟覓得何種奧援？

巴內特在第三天去了克亥一趟，他似乎胸有成竹，完全知道自己該怎麼做。

到了第四天，他見到了貝舒。

貝舒對他說：「我的調查結束了。」

「我也是，貝舒。」巴內特回答。

「所以，我要回巴黎去了。」

「我也是，貝舒，你可以搭我的便車跟我一起走。」

「就這麼說定了，但是我四十五分鐘後和喬治・卡瑟馮有約。」

「我過去和你碰面，」巴內特說：「我受不了那個虛僞的人。」

他結清旅社費用，往城堡走去。參觀過花園之後，他在自己的名片上寫了幾個字：「貝舒警探的辦案夥伴」，然後請僕傭送去給喬治・卡瑟馮。

卡瑟馮在一間寬敞大廳裡接待巴內特，這地方佔去了城堡的一整個側翼，廳裡掛著好幾件鹿頭標本，陳列了甲冑和各式武器，還擺著展示槍枝和狩獵執照的玻璃櫃。

「我是貝舒警探的朋友，」巴內特說：「他會過來和我在這裡碰面。我們一起調查這個案件，稍後也要一起離開。」

「貝舒警探有什麼看法？」喬治・卡瑟馮問。

「他已經有了定見，先生。在這個案子裡，沒有任何因素會讓貝舒警探另作他想，街坊的流言根本不足採信。」

「亞斯卡小姐呢？」

「根據貝舒的看法，亞斯卡小姐悲痛過度，所以她的說法禁不起考驗。」

「您也這麼想嗎，巴內特先生？」

「喔，我啊，先生，我不過是個微不足道的助手罷了，貝舒先生的意見就是我的看法。」

他悠閒地在大廳裡參觀櫥櫃，顯然對卡瑟馮的收藏很感興趣。

「這幾把獵槍眞漂亮啊，是吧？」喬治・卡瑟馮說。

「美極了。」

「您也喜歡槍枝嗎？」

「我更喜歡這些頭銜。您的執照上寫著：『聖修伯特的高徒』①、『克勒茲省射擊手』……這麼說，您是射擊好手。我昨天到克亥去的時候，也聽人這麼說過。」

「克亥的居民也在談這個案子？」

「沒這回事，但是您的射擊技術倒是有口皆碑。」

他拿起一把槍把玩，試了試重量。

「請小心！」喬治・卡瑟馮說：「那是把軍用槍，而且上了膛。」

「爲了防範歹徒嗎？」

「應該說，我防的是盜獵者。」

「先生，您眞的會開槍射擊盜獵者？」

「傷他們一條腿就夠了。」

「您是站在這邊的窗口開槍嗎？」

「喔！盜獵者不可能靠得這麼近！」

「那麼這就有趣了！這種高貴的休閒活動……」

巴內特打開大廳角落邊的一扇窄窗。

「瞧，」他拉高嗓門說：「從這裡望出去，透過樹枝之間的縫隙可以看見古塔，距離大概有兩百五十公尺。那裡應該正好在克勒茲河上方，對嗎？」

「差不多。」

「對，沒錯，沒錯。可不是嗎，我認出兩塊岩石中間那叢甜芥菜了。您架起槍的時候，是不是也可以看到那朵黃色的小花？」

他將槍架到肩膀上，扣下扳機，小花應聲倒下。

喬治・卡瑟馮開始光火。這個「微不足道的助手」到底想做什麼？這個職銜不像是眞的，而且，他有什麼資格開槍？

「您的傭人都住在城堡的另一頭，對嗎？」巴內特說：「他們聽不到聲音，不知道這裡發生什麼事……眞是的，我剛剛又讓亞斯卡小姐想起不愉快的回憶。」

喬治・卡瑟馮笑了。

「亞斯卡小姐仍然堅持她的看法，認爲那天早上的槍聲和她弟弟的過世有關？」

「是的。」

「她究竟認爲這其中有什麼關聯？」

「其實，就像我剛剛示範的一樣。城堡這邊有人站在窗口，另一邊呢，則是她弟弟攀爬在塔樓邊緣。」

「但是，她弟弟是從高處墜落身亡的。」

「那是因爲他攀著塔樓凸緣的石塊，而石塊碎裂，所以他才會跌落。」

喬治・卡瑟馮沉下了臉。「我不知道亞斯卡小姐的說法如此決斷，我覺得自己好像在面對一個確切的指控。」

「確切啊！」巴內特跟著重複。

卡瑟馮瞪著巴內特看。「微不足道的助手」態度沉著，其語氣和堅定的神情使得喬治・卡瑟馮越來越訝異，他不得不自問：這位偵探爲何會如此咄咄逼人，是不是對他抱著敵對的看法？儘管這次會談一開始是以輕鬆的方式展開，但是逐漸地，卻轉變成針對卡瑟馮而來的攻擊。

卡瑟馮重重地坐下，接著問：「她對於她弟弟攀爬高塔的目的有何說法？」

「這對姊弟曾經給您看過一張作了記號的地圖，她弟弟是爲了找回父親藏匿二十萬法郎的那個地點。」

「我從來沒認同這個說法，」喬治・卡瑟馮表達抗議：「如果他們的父親存下了這筆錢，爲什麼沒有立刻還給我父親，而是拿去藏起來？」

「您的抗議不無道理，」巴內特承認道：「除非說，藏在那裡的不是錢。」

「那會是什麼？」

「我不清楚呀，所以，我們只好假設。」

喬治・卡瑟馮聳聳肩，說：「放心吧，伊麗莎白和祥恩・亞斯卡一定設想過所有的可能性。」

「這就難說了！他們和我不一樣，不是專業人士。」

「再敏銳的專業人士也沒辦法無中生有。」

「有時候可以。您認識格雷奧先生嗎？他在克亥經營書報攤，過去曾經在您的工廠裡擔任會計職務。」

「認識，當然認識，他是個優秀的人。」

「格雷奧先生聲稱老伯爵曾經拜訪過您的父親，而日期正好是他到銀行裡提出二十萬法郎存款的第二天。」

「這又怎麼樣呢？」

「我們能不能假設，這二十萬法郎在見面當天就已經還清，收據則暫時藏在塔樓頂上？」

喬治・卡瑟馮跳了起來。「這位先生，您知道這個假設嚴重地侮辱到先父嗎？」

「怎麼說呢？」巴內特天眞地問。

「如果我父親收下了這筆錢，必定會誠實地說出來。」

「何必呢？他沒必要向身邊的人提起還款的事，畢竟這是他私人的借貸。」

喬治・卡瑟馮重重地拍向他的書桌。

「如果他收下了錢，那麼兩個星期之後——也就是債務人過世的幾天之後，他不可能行使他對馬蘇瑞這塊土地的所有權啊！」

「然而他偏偏就是這麼做。」

「您看看！這簡直是一派胡言。要提出這種說法，先生，您也得先合邏輯地思考。就算我父親不但收了錢還拿下抵債的土地，他也得考慮會不會有人拿收據來向他提出異議。」

「也許他曉得，」巴內特以看似漫不經心的態度強調：「沒有人知道這件事，連老伯爵的繼承人亦不知父親已還清債務。我聽說老卡瑟馮先生非常想要這塊土地，甚至曾經發誓一定要拿下這個地方。說不定，他因此而屈服於誘惑之下。」

吉姆·巴內特這番陰險狡獪又執拗的含沙射影，讓整個事件浮現出另外一個層面：老卡瑟馮捲入其中，被指控有詐欺侵吞之嫌。喬治·卡瑟馮氣得臉色蒼白，全身打顫，他驚愕地握緊雙拳，直視眼前這個粗鄙的人，這傢伙竟敢用淡漠語氣，以可憎的觀點說出這些話。

「不准說這種話，」卡瑟馮怒斥道：「您完全是隨口胡扯！」

「胡扯？不是的，我可以保證，我說的句句是眞話。」

這個意料之外的對手步步逼近，他的假設和推理幾乎擊潰了喬治·卡瑟馮。

卡瑟馮咆哮了。「謊言！您什麼證據都沒有！您得爬到高塔頂上才能拿到我父親眞的做出這種事的證據。」

「祥恩·亞斯卡辦到了。」

「胡扯！我不相信有人可以在兩個小時之內爬上三十公尺高的塔頂，這超過人類的極限。」

「祥恩·亞斯卡偏偏就做到了。」巴內特堅持己見。

「他用什麼方法？」喬治・卡瑟馮憤怒地駁斥：「什麼妖術？」

巴內特丟出一句話：「用繩子！」

卡瑟馮放聲大笑。「繩子？太荒唐了！沒錯，我看過他試射弓箭，他試了不下百次，蠢蠢地希望能把他準備好的繩索卡在塔上。可憐的孩子！這種奇蹟不可能發生。更何況，我剛剛說過了，要在兩個小時之內完成？而且，您剛剛提到的繩索……如果眞有繩索，那麼我們在意外發生之後，應該會在塔上或克勒茲河床的岩石上找到繩索，繩子不可能在農莊裡。然而事實並非如此。」

吉姆・巴內特仍然鎭定地說：「他用的不是那條繩子。」

「那他用哪一條？」喬治・卡瑟馮緊張地笑了起來。「因爲，照您這麼說，祥恩伯爵是認眞的囉？祥恩伯爵拿著魔法繩索，在凌晨時分來到他家花園下方的平台，接著，他唸了幾句咒語，於是繩索自己拉了開來直通塔頂，好讓施法的伯爵跨過去？這是什麼印度術士的魔法嗎？」

「您也一樣，卡瑟馮先生，」巴內特說：「和祥恩・亞斯卡懷抱著最後希望，以及我把我的推論建築在這個想法上一樣，您也必須召喚奇蹟。但是這個奇蹟和您所想的正好相反，因爲這個奇蹟和常理不同，並非由下而上，而是由上而下。」

卡瑟馮開起了玩笑道：「這麼說，是老天爺囉，老天爺爲祂的子民丟下一個救生圈？」

「不必請老天爺出手，也不需要違背大自然的法則，」巴內特平靜地說：「都不必。在當今這個時代，只要一個簡單的巧合，就能喚來這種奇蹟。」

「巧合！」

「世上沒有『巧合』辦不到的事，『巧合』是最令人難解、最巧妙、最難以預料，也是最變幻莫測的力量。它能結合、集中、放大、組合最奇特的事物，能透過不相干的元素創造出我們每天所看到的事實。只有巧合能帶來奇蹟。在現在這個時代，我所想的巧合有這麼非比尋常嗎？天上除了隕石和灰塵之外，難道不會掉下其他的東西？」

「您是說，繩索？」卡瑟馮出言嘲笑。

「繩索，或其他東西。船隻穿梭在海上，海底不就佈滿了從船上散落下來的東西嗎？」

「天上又沒有船。」

「有的，只不過名稱不同，我們稱之為『飛船』或是『飛艇』。就像船隻在海面上四處航行一樣，這些東西穿梭在天際，還會掉下各種不同的物品。其中包括了一捆繩索，而且這捆繩索恰好勾在塔樓的砲眼上，就使一切都有合理的解釋啦。」

「這個解釋太牽強了。」

「我的解釋有憑有據。如果您看了上個星期的地方新聞報導——我昨天才剛讀過——就會知道有一艘飛船在祥恩伯爵發生意外的前一天晚上經過這個地區。飛船由北往南行，在克亥北方十五公里處卸下了好幾個載重的沙包，我們可以就此推論，飛船上也掉下了一捆繩索，而繩索的一端剛好掛在平台的樹上。為了解開繩子，祥恩伯爵才會扯斷樹枝，接著他下了平台，將繩索的兩端綁緊，然後爬上高塔。這雖然困難，但是我們不得不承認，以那年輕人的年齡來說，他應該辦得到。」

「然後呢？」卡瑟馮低聲說，他的臉色越來越不自然。

「然後，」巴內特總結道：「有個神槍手站在這扇窗戶旁邊，看到這個年輕人垂掛在半空中，於是開槍射斷了繩索。」

「喔！」卡瑟馮悶聲說：「這是您對於這場意外的看法？」

「隨後，」巴內特繼續說：「槍手跑到河邊，搜走屍體上的收據，接著將垂掛的繩索一路拉回他家拋到井裡，其實司法單位不難找出這個證據。」

這會兒，巴內特的指控拐了個彎，繼老卡瑟馮之後，身爲兒子的也遭到指控。巴內特以合乎邏輯、確鑿且不容置疑的關聯，將過去和現在銜接在一起。

卡瑟馮試圖擺脫困境，他沒駁斥巴內特的說法，而是對這個人發起了脾氣。他氣沖沖地說：「我受夠了這些毫不相關的隨口解釋和荒誕的假設。出去！我會讓貝舒警探知道我把您趕了出去，您的行爲和勒索沒有兩樣。」

「如果我有意勒索，」巴內特笑著說：「我在一開始就會拿出證據。」

卡瑟馮忍不住怒喝：「證據！您有證據嗎？您光是耍嘴皮子，而且全是空話！如果您有任何支持這個說法的證據——就算一件也好，請拿出來！證據，哈！能夠稱之爲證據的只有一樣東西！只有一件證據可以讓我們父子無言以對！如果沒有這件證據，您這些拼拼湊湊的推理和滿口的胡言亂語都不可能成立，您開的不過是端不上檯面的三流笑話。」

「您說的是哪一件證據？」

「當然是那張收據！我父親簽過字的收據。」

「請看，」巴內特說完話，打開一張摺好的紙，這張泛黃的紙摺痕老舊，上面還蓋了封蠟。

「這是您父親的筆跡，對吧？內容夠不夠明確？」

本人奧格斯・卡瑟馮憑此確認已收到亞斯卡伯爵償還的二十萬法郎欠款。從此，本人無權要求伯爵讓渡其城堡及土地之所有權。

「收據上的日期和格雷奧先生說的一樣，也有您父親的簽名。所以，這件證據沒有可以非議之處，而且您應該知道這張收據，卡瑟馮先生，不是您父親曾經向您提過，就是您在他遺留下來的文件上讀到過。這張收據不僅可以定您父親和您的罪，還可以將您逐出這座你們父子一樣鍾愛的城堡，這就是您殺害伯爵的動機。」

「如果眞是我殺了他，」卡瑟馮結結巴巴地說：「我會把收據拿走。」

「您搜過受害者的屍體，但是沒有找到。爲了謹愼起見，祥恩伯爵事先將收據綑在一塊石頭上，從塔頂丟了下來，打算自己爬下高塔後再撿回來。我在離河岸大約二十公尺的地方找到這張收據。」

喬治・卡塞馮伸手想搶下收據，巴內特差點來不及縮手。

兩個男人對峙了好一會兒。

巴內特說：「您的舉動等於是承認了這件事。您的眼神閃爍！亞斯卡小姐告訴過我，她說您什麼事都做得出來。幾天之前您就是這樣，幾乎是不知不覺地把槍架在肩膀上。請您自制點吧！大門外有人按電鈴，應該是貝舒警探，您應該爲自己著想，最好什麼事都別讓他知道。」

又過了一會兒，喬治・卡瑟馮的眼神依舊茫然，他低聲說：「多少錢？您這張收據要多少錢？」

「不賣。」

「您要自己留著？」

「如果您願意配合幾個條件，我就還給您。」

「什麼條件？」

「我會當著貝舒警探的面告訴您。」

「如果我拒絕呢？」

「我會舉發您。」

「您的說法站不住腳。」

「您可以試試看！」

喬治・卡瑟馮一定是感覺到了巴內特無可動搖的決心，因爲，他低下了頭去。這個時候，一名僕人帶著貝舒走了進來。

貝舒警探沒料到會在城堡裡看到巴內特，於是皺起了眉頭。這兩個男人談了什麼事？難道卑鄙的巴內特膽敢推翻貝舒的論點？

這個恐懼讓他更相信自己的推斷，他熱情地和喬治・卡瑟馮握手，開口說：「卡瑟馮先生，我承諾過，在我離開此地之前會讓您知道我調查的結果，一併讓您知道我將如何提出這次事件的報告。到目前爲止，一切都和日前的認定相同。」

接下來，他的用字遣詞和方才巴內特的說法幾乎相同：「至於亞斯卡小姐對您的誤解，其實並不可信。」

巴內特表示同意。「好極了，我剛剛也對卡瑟馮先生說過相同的話。我的上司兼朋友貝舒警探再次展現了他慣有的敏銳洞察力。我要說的是，在另一方面呢，卡瑟馮先生準備以最慷慨大度的方式，來回應針對他而來的毀謗。他要將亞斯卡小姐的家族領地全數歸還。」

貝舒彷彿遭到了迎頭一擊。「什麼？這怎麼可能？」

「大大的有可能，」巴內特向他保證道：「這次的事件，讓卡瑟馮先生對這片土地產生了不太舒服的感覺，所以他想要在克亥工廠的附近另外找個城堡。剛剛我進來的時候，甚至還看到卡瑟馮貝舒手上的咖啡杯鏗噹落下，但他努力控制住自己。

兩個人面對面，抽了好一會兒的菸。

最後，吉姆・巴內特說：「其實啊，貝舒，到目前爲止，我們的合作都帶來了豐碩的成果。每辦一次案，我微薄的存款就跟著稍有增長。老實說，我開始覺得對你有些歉疚，因爲我們雖然一起工作，但是好處都落在我身上。貝舒，這樣吧，你要不要來偵探社當合夥人呢？巴內特暨貝舒偵探社……怎麼樣，聽起來還不錯吧？」

貝舒厭惡地瞪了對方一眼，他從來不曾如此地憎恨哪個人。

他站起身，在桌上丟了張鈔票付帳，在轉身離開的時候含糊地說：「有時候我會自問，你這傢伙會不會是魔鬼本尊。」

「我偶爾也會這樣問自己。」巴內特笑著說。

譯註：

①聖修伯特（Saint Hubert），狩獵的守護聖人。

chapter 8

白手套與白鞋套

貝舒跳下計程車，像陣狂風般地衝進了偵探社。

「哈！眞好！」巴內特嚷嚷，趕忙跑出來相迎。「那天我們分手時氣氛冷淡，我本來還擔心你是不是生氣了呢！怎麼樣，你需要我幫忙嗎？」

「沒錯，巴內特。」

巴內特用力和他握手。

「那最好！發生什麼事了？你臉好紅，是不是染上了猩紅熱？」

「巴內特，你別取笑我。這個案子很複雜，爲了我自己，我希望事情能好好解決。」

「到底是什麼事？」

「和我的妻子有關。」

「你太太!你結婚了嗎?」

「我離婚六年了。」

「個性不合,是嗎?」

「不是,是因爲她想實踐她的志願。」

「她的志願是離開你?」

「她想要站上舞台。你能想像嗎?她是警探的妻子耶!」

「她成功了嗎?」

「是呀,她現在是歌手。」

「是巴黎歌劇院的聲樂家?」

「在女神歌舞廳①表演。」

「她叫什麼名字?」

「歐嘉·佛邦。」

「那個特技歌手?」

「就是。」

吉姆·巴內特熱情地說:「恭喜你啊,貝舒!歐嘉·佛邦是個如假包換的藝術家,她用獨樹一格的方式，將支離破碎的小調詮釋出全新風格。她最近當紅的戲碼，是頭下腳上地唱：『伊席鐸……愛我，但是我偏偏愛……詹姆』，她表現出來的藝術眞讓人震撼。」

「眞感謝你啊！來，你看看，這是她寫給我的信。」貝舒掏出一封用鉛筆寫的快遞信函，寄件日期是當天早晨。

我的臥室慘遭洗劫，可憐的母親差點被殺。快來！──歐嘉。

「『差點』被殺，這個說法眞有創意！」巴內特說。

貝舒接著說：「我立刻打電話到警察局，警方已經接獲報案，我自告奮勇，打算去協助負責本案的同僚。」

「那麼，你還擔心什麼？」巴內特問。

「我擔心再次見到她。」貝舒用悽慘的語氣說。

「你還愛著她？」

「只要一看到她，我就……喉嚨乾燥，說不出話，還會結結巴巴。你想想看，這樣要怎麼辦案？我一定會大出洋相。」

「你希望自己能保持鎮定的臉色，不辜負你的好名聲，是嗎？」

她打直雙手倒立撐起身子，讓腳尖朝上，用沙啞感性的女低音唱著：「伊席鐸……愛我，但是我偏偏愛……詹姆。」

「而且我也愛你，我的好貝舒。」她翻了回來，「沒錯，你眞是太棒了，這麼快就趕來。」

「這位是我的同僚吉姆・巴內特。」貝舒為歐嘉介紹。他想努力控制自己，但是他的眼眶濕潤，臉上肌肉因緊張而抽動，可見他內心的情緒有多紊亂。

「好極了！」她說：「你們兩個要幫我把這件事處理好，把我的臥室還給我，這是你們的責任了。啊，現在輪到我爲你們介紹我的體操教練普列戈，他同時也是我的按摩師、化妝師，還負責爲我採購化妝品，他是歌舞廳女郎之間的搶手人物，他的巧手可以讓人重拾青春，讓人全身筋骨舒暢。向偉大的普列戈致意！」

普列戈鞠個躬，他的肩膀寬厚，皮膚曬成了古銅色，加上圓滾滾的臉龐和豐富的表情，光看外表，旁人會以爲他曾經當過小丑。他穿了一身灰色衣服，罩戴著白手套和白鞋套，手上拿了頂淺色的氈毛帽。普列戈比手劃腳，說著一口夾雜著西班牙文、英文和俄文以及充滿異國風情的法文，連珠砲似地開始解釋他的整骨手法。

歐嘉趕緊打斷他的話。「我們時間緊迫，別多說了。貝舒，你需要知道什麼？」

「首先，」貝舒說：「帶我們去看妳的房間。」

「走，動作快！」

她往上一跳握住鞦韆，衝力帶著她朝兩只吊環晃了過去，她換手拉住吊環將自己甩到了門口。

「抵達目標。」她說。

她的臥室被偷得一乾二淨，什麼也不剩，床、家具、窗簾、雕像、鏡子、地毯和裝飾品全都不見蹤影。就算派搬家工人過來，也不可能搬得更乾淨。

歐嘉噗一聲笑了出來。

「怎麼樣啊？這是不是偷得很徹底！連我成套的象牙髮梳都帶走了！恐怕連灰塵都掃光光！唉，我多麼愛我的臥室啊！路易十五風格的家具都是我一件一件蒐集得來的！路易十五的情婦龐巴杜夫人睡過的床、四座布歇的雕像作品、一座大師簽了名的矮櫃，還有讓人愛不釋手的珍品！我到美國巡迴演出賺到的酬勞全都花在這裡面！」

她原地表演一個後空翻，滿頭秀髮跟著飄動。她愉快地喊著：「哈！再買新的就是了，我有一身靈巧的肌肉和美妙的歌喉，沒什麼好擔心的。貝舒，你幹嘛這樣看我？別人還以爲你就要在我腳邊昏過去了呢！過來，讓我抱一下，然後把你想問的問題說出來，在司法人員到達之前把話說完。」

貝舒說：「把事情的經過告訴我。」

「喔！其實過程很簡單，」她說：「是這樣的，昨天晚上，十點半的鐘聲才剛響過——我必須先解釋一下，我在八點時和普列戈一起到女神歌舞廳去。媽媽在家裡織毛衣，所以他代替媽媽陪我過去。好，我剛剛說了，十點半的鐘響剛過，突然間，從我的房間裡傳出了小小的聲響。媽媽跑進去查看，發現有人拿著手電筒，在燈光轉瞬熄滅之前，她看到有個男人正在拆床，接著，另一個男人朝她衝過來將她推倒，第一個男人拿了張桌布蓋住她的頭。他們清光了房間裡的東西，其中一個分幾次將東西搬下樓。媽媽沒敢動，也沒有呼救。隨後，她聽到馬路上有大車發動，接下來就昏了過去。」

「所以，」貝舒問：「當妳從女神歌舞廳回到家的時候——」

「我發現樓下的大門敞開，公寓門也沒關，媽媽昏了過去。你想想看，我當時有多驚訝！」

「門房夫婦呢？」

「你也認識他們的，這兩個老好人在這裡住了三十年，就算是地震也搖不醒他們。他們只有聽到電鈴聲，才會在夜裡醒過來。他們對天發誓，表示他們十點上床，一覺到天明，其間沒聽到任何人按門鈴。」

「所以說，」貝舒說：「他們完全沒有拉動開門繩？」

「沒錯。」

「其他的房客呢？」

「也是什麼都沒聽到。」

「那麼……」

「那麼什麼？」

「那麼妳的看法呢，歐嘉？」

這位妙齡女郎發起了脾氣。「你又有什麼好看法呢？怎麼還要我負責提供意見？說眞的，你和那些傻頭傻腦的司法人員沒什麼兩樣！」

「可是，」貝舒困窘地說：「我們還沒開始調查啊！」

「我說的難道還不夠嗎，你還猜不出大概嗎？如果那個叫做巴內特的傢伙和你一樣傻，那我只能向龐巴杜夫人床舖道永別。」

這個叫做巴內特的傢伙往前靠了一步，對她說：「夫人，您什麼時候想拿回龐巴杜夫人的床？」

「什麼？」她驚訝地看著眼前這個不起眼的男人，到這一刻之前，她完全沒有注意到巴內特的存在。

巴內特不拘禮節地解釋道：「我想知道您希望在哪一天的幾點鐘拿回龐巴杜夫人的床，和您閨房裡的所有東西。」

「可是……」

「您訂個日期。今天是星期二，我們約定下星期二好嗎？」

她睜大了雙眼，彷彿連話都說不出來。這個古怪的提議是什麼意思？他是在開玩笑還是在吹噓？接著，她突然笑了出來。

「這傢伙眞可笑！貝舒，你這朋友打哪兒來的？你知道麼，這個叫做巴內特的傢伙臉皮還眞厚！一個星期！聽他這樣說，旁人還以為我那張龐巴杜夫人的床就放在他的口袋裡。我竟然把寶貴的時間浪費在你們這些滑頭身上！」

她把兩個男人推向衣帽間去。

「走吧，別再出現在我面前啦，我不喜歡別人拿我當笑話看。你們這兩個小子太愛吹牛了！」

練習室的門砰的一聲，把這兩個「小子」關在外面。

絕望的貝舒呻吟道：「我們進門還不到十分鐘耶。」

巴內特冷靜地檢視衣帽間，找老女僕問了幾個問題。當他們下樓之後，他到門房的小屋找門房夫婦問話。接著，走出門外之後，他攔下一輛從門口經過的計程車，跳上車後立刻報出拉柏德街的地址，隨即離去，把目瞪口呆的貝舒撇在人行道上。

如果說，貝舒對巴內特已經是另眼看待，那麼歐嘉在他的心裡絕對有更崇高的地位，他對歐嘉的說法深信不疑。巴內特的信口承諾不過是句玩笑話，只會讓自己難堪。

第二天，這個想法得到了證實。當他到巴內特偵探社的時候，只看到巴內特坐在椅子上把二郎腿往桌上一翹，正在抽菸。

「如果你所謂的認眞看待就只是這樣，」貝舒憤怒地大聲說：「我們恐怕會永遠陷在困境當中。我在那裡白忙了一場，法官和檢察官什麼也沒做，不過話說回來，我也沒幫上什麼忙。我們倒是取得了幾點共識，比方說，如果沒有人從公寓裡頭開門，就算竊賊拿了複製鑰匙，也進不了屋裡。而既然家裡沒有任何人可能成爲共犯，我們便能得到兩個結論：一是，那兩名竊賊的其中一人在白天就已經進到屋裡，然後爲共犯開門；第二，如果他進門，門房夫婦不可能沒發現，因爲大門一直是關上的。但是誰進去了呢？是誰負責接應？太神祕了。你說呢？」

巴內特默不作聲，似乎完全置身事外。

貝舒繼續說：「我們作了張清單，列出前一天晚上進出公寓的人。但是，針對清單上的每一個人，門房夫婦都能確定地說：所有踏進過大門的人全都出了門。所以我們找不到頭緒，至於竊案呢，我們仔細推敲了犯案過程，竊賊的手法精簡，而且膽大心細，找不出合理的解釋。怎麼樣，你對這個案子有什麼看法？」

巴內特伸個懶腰，似乎終於回到了現實世界。

他說：「她眞是迷人。」

「誰？什麼？誰眞是迷人？」

「你的前妻。」

「什麼？」

「她在現實生活中和在舞台上一樣迷人。生氣蓬勃，活力充沛！道地的巴黎人，而且，她還有超凡的品味！竟然會把所有存款拿去買一張龐巴杜夫人用過的床，眞可愛，對吧？貝舒，你配不上這等好運氣。」

貝舒低聲抱怨：「好運氣？好運早就用光了。」

「這個好運為時多久？」

「一個月。」

「那你還敢抱怨？」

貝舒在星期六又回到了偵探社。巴內特邊抽菸邊沉思，仍然沒太多反應。到了星期一，垂頭喪氣的貝舒又出現了。

「沒用的，」貝舒喃喃地抱怨：「那些人全是笨蛋。在這段期間裡，竊賊八成已把龐巴杜夫人的床和歐嘉房裡的其他收藏運到了某個港口，準備送到外國，總有一天可以出手賣掉。面對歐嘉，我這張警探的老臉看起來像什麼？像透了白癡。」

他盯著巴內特看，後者的目光則緊盯著一路盤旋到天花板的煙。

貝舒忿忿地說：「我們就是要用這種方式面對恐怖的對手嗎？你從來不曾和這種人過招，他們的手法不但特殊，而且前所未見，近乎完美，你竟然還這麼冷靜？我們相信竊賊一定在歐嘉家裡安插了內賊，難道你不想揭穿他們的把戲？」

「她散發出某種……」巴內特說：「某種比任何事都要更吸引我的魅力。」

「什麼？」貝舒問。

「她的個性，她的直率！她不是那種譁眾取寵的人。歐嘉有話直說，憑直覺反應，隨興過生活。我要再說一次，貝舒，她眞是個迷人的女郎。」

貝舒重重地捶向桌面。

「你知不知道你在她眼裡像什麼？像個傻瓜！當她向普列戈說到你的時候，他們笑得幾乎站不直身子。巴內特，大笨蛋，巴內特，吹牛皮……」

巴內特嘆了一口氣，說：「聽起來眞刺耳！要怎麼做才能擺脫臭名啊？」

「明天就是星期二了，你得遵守承諾，把龐巴杜夫人的床找出來。」

「該死，我連那張床在哪裡都不知道。貝舒，給個建議吧！」

「去抓小偷。有了小偷，你就知道東西的下落了。」

「啊，這比較簡單，」巴內特說：「你有沒有傳票？」

「有。」

「有沒有人手可以調派？」

「打個電話回警察總局就有了。」

「那麼你打個電話吧，叫他們在今天派兩個小伙子到盧森堡公園附近去，要他們守在奧迪翁劇院的長廊下。」

貝舒大爲震驚。「你這是在開我玩笑嗎？」

「不是的。怎麼，你以爲我想成爲歐嘉·佛邦眼中的蠢才嗎？還有，怎麼著，我巴內特難道不是一向言出必行？」

貝舒想了想，突然覺得巴內特似乎是認眞的，而且，這六天來這傢伙躺靠在椅子上有可能是爲了想要解開謎團。他不是經常把這句話掛在嘴邊麼：有些時候，思考比調查更重要。

貝舒不再追問，打電話給他的朋友亞伯特，這個朋友是警察總局局長最得力的助手。貝舒請他派兩名警探到奧迪翁劇場支援。

巴內特站起身，準備出發。兩人在下午三點鐘離開偵探社。

「我們要到歐嘉住處附近去嗎？」貝舒問。

「要到她住的那棟公寓。」

「但是不進去她家？」

「要到門房的住處。」

他們果然是進到門房住處裡，巴內特要求門房夫婦不要聲張，不可以讓外人知道貝舒和巴內特待在裡面。他們躲在用來遮住床舖的簾幕後面。從這個位置，他們可以清楚看見每個拉動門繩的人，不管是進或出，都不會錯過。

二樓的傳教士先出門，接著是歐嘉家裡的一名老女僕，她要去採購，手上還提著籃子。

「我們到底在等什麼？」貝舒低聲說：「你的目標是什麼？」

「是要教你怎麼辦案。」

「可是……」

「閉嘴！」

普列戈在三點半進門，他仍然罩戴著白手套和白鞋套，穿著一身灰衣，搭配淺色的帽子。他向門房打個手勢問安，接著上樓去。這是每天體操課的時間。

四十分鐘之後，他出門買了包香菸回來，一樣的白手套……白鞋套……

接著，又有三個人經過。

這時貝舒突然低聲說：「你看，普列戈又進來了，這是他第三次進門。但他是怎麼出去的？」

「我猜，應該是從這扇門。」

「我看好像不是，」貝舒不太確定，「除非我們沒看仔細……你說呢，巴內特？」

巴內特一把拉開簾幕，對貝舒說：「我說，該是行動的時候了。去把你的好夥伴們找過來，貝舒。」

「我去帶他們過來？」

「對。」

「那你呢？」

「我，我上樓。」

「你不等我？」

「爲什麼要等？」

「到底是怎麼一回事？」

「你一會兒就知道了。你們三個人守在三樓，我會喊你們進來的。」

「那你要上去嗎？」

「對，直接進去。」

「對付誰？」

「對付那些個膽大妄爲的傢伙，我說眞的。你快去！」

貝舒離開了。巴內特和剛剛他所說的一樣，直接上到四樓去按電鈴。僕人帶他到練習室，歐嘉正在普列戈的指導下練習體操。

「瞧，這不是大無畏的巴內特先生嗎？」歐嘉坐在高處的繩梯上大聲說：「萬能的巴內特先生。怎麼了，巴內特先生，您幫我把龐巴杜夫人的床帶過來了嗎？」

「快了，夫人。我沒打擾到您吧？」

「沒這回事。」

歐嘉身手敏捷的程度令人咋舌，她無視於危險，俐落地執行普列戈簡短的指示。這位教練不時給予鼓勵或指導，有時候甚至親自示範，但是在他的動作當中，力道重於柔軟度，似乎刻意要展示出驚人的力量。

體操課結束了，他披上外套，扣好白鞋套，拿起白手套和淺色帽子。

「我們今晚在歌舞廳裡見，歐嘉夫人。」

「你今天不等我嗎，普列戈？你可以開車載我過去，因爲媽媽不在家。」

「沒辦法，歐嘉夫人。我在晚餐之前有一場演出。」

他朝門口走去，但不得不停下腳步，因爲巴內特擋在他和門中間。

「親愛的先生，我能和您說句話嗎？」巴內特說：「難得有這個機會和您見到面。」

「我很抱歉，但是……」

「我應該要再次自我介紹嗎？我叫吉姆・巴內特，是巴內特偵探社的私家偵探，也是貝舒的朋友。」

普列戈往前走了一步。「請您見諒，先生，但是我趕時間。」

「喔，一分鐘就夠了，不必久。一分鐘足以喚醒您的回憶。」

「有關什麼的回憶？」

「有關某個土耳其人。」

「土耳其人？」

「是的，他的名字是班瓦立。」

普列戈搖搖頭，回答道：「班瓦立？從來沒聽說過。」

「那麼，您認不認識一位亞維諾夫先生？」

「也沒聽過。這兩位先生是誰？」

「兩個謀殺犯。」

練習室裡一片沉默。普列戈接著笑說：「我不太喜歡和這種人來往。」

「據說正好相反，」巴內特說：「聽說您和這兩個人很熟。」

普列戈上上下下地打量巴內特，嘴裡嘟嘟囔囔道：「這是什麼意思？您說個清楚！我並不喜歡猜謎。」

「普列戈先生，請坐，我們放輕鬆聊聊。」

普列戈不耐煩地揮個手。歐嘉向兩個男人靠了過來，這名好奇的漂亮女郎還穿著曲線畢露的體操服。

「坐下，普列戈。就當作和我那張龐巴杜的床有關好了。」

「正是如此，」巴內特說：「相信我，普列戈先生，我不會要您猜謎。只是說，從我在竊案過後第一次踏進這地方開始，就忍不住聯想到最近大家常提到的兩個事件，我想聽聽您對這兩件事有什麼看法，只要花您幾分鐘就好。」

這時，巴內特的態度和尋常辦案助手的模樣完全不同。他的語調威嚴，讓人無從拒絕，也讓歐嘉・佛邦印象深刻。

普列戈服從地回應：「您快說。」

「是這樣的。」巴內特開始說：「三年前，一名在家經營業務的珠寶商索華先生和一位名叫班瓦立的人有生意上的往來。索華先生和他的父親同住在巴黎市中心一棟建築的頂樓，住處十分寬敞。班瓦力先生纏頭巾，穿土耳其式燈籠褲，專門做些珠寶次級品的買賣，比方說來自東方的黃寶石、形狀不規則的珍珠以及紫水晶等等。某日，班瓦力在一天之內數次出入索華先生的公寓。當天晚上，當索華先生從劇院回到家的時候，發現父親遭人以匕首刺死，保險箱裡的珠寶一件也不剩。檢警在調查後發現班瓦立並未犯下此案，因爲他有確切的不在場證明，殊不知罪犯其實是班瓦力在當天下午帶進公寓裡的人。但是司法單位沒能追捕到任何人，也無法逮捕土耳其人班瓦立，這個案子只好到此爲止。您記得這件事嗎？」

「我兩年前才剛到巴黎，」普列戈回答：「此外，我也看不出這其間……」

吉姆・巴內特繼續說：「十個月之前，又有另一樁手法類似的案件發生，這次的受害者是一位錢幣收藏家達佛爾先生。將竊嫌帶進達佛爾家中的人，顯然是一名頭戴毛皮帽、身穿長外套的俄國伯爵亞維諾夫。」

「我想起來了。」歐嘉・佛邦說，她的臉色蒼白。

「於是，」巴內特說：「我立刻看出上述兩件案子和龐巴杜夫人名床竊案的手法不止十分相似，甚至有某種更密切的關聯。在珠寶商索華家犯案殺人的凶嫌是班瓦立，洗劫收藏家達佛爾的是兩名外國人，兩起案件的作案手法都是事先將一或兩名共犯送進受害者家中，然後由這名共犯來動手。但是這個手法的特性在哪裡呢？一開始，我沒有立刻看出來，我花了好幾天的時間默默地獨自努力思考。我必須根據班瓦立和亞維諾夫這兩件案子，找出一個不爲人知但能夠運用在其他狀況的共同點。」

「您找到了是嗎？」歐嘉問道，語氣十分熱切。

「沒錯！我承認這個手法十分巧妙，簡直是一門藝術。我必須承認這個做法創新又獨特，絕非抄襲，堪稱非凡的藝術！尋常的竊賊和殺人犯都是暗中行動，偷偷摸摸地潛入受害者家中，要不然就是事先派遣共犯——比如說水電工、送貨員等等，讓他們混進屋裡。但是我們看到的這夥人呢，他們抬頭挺胸的在大白天辦事，而且，如果有越多人看見，成效就越好。他們堂而皇之地走進公寓，因爲他們本來就是經常出現的人物，沒有人會覺得突兀。接下來，在計畫行動的當天，他們從屋裡出來，再走進去，接著又出來……又進去……隨後，這夥人的主謀出現了，他並非我們之前見到的人，而我們之所以會誤以爲自己見過他，乃因他的外表打扮太像那個曾經在公寓來來去去的人啦。這是不是很讓人佩服？」

巴內特向普列戈走過去，大聲對他說：「太精采了，普列戈，眞是了不起。我再說一次，換成別人，他們可能會穿著不起眼的顏色，盡量不引起注意，在旁人沒發現的情況下來來去去，簡直和在旅館裡穿梭的老鼠沒兩樣。但是這夥人呢，他們清楚知道自己要引人注目。如果一個頭戴毛皮帽的俄國人，或是一個身穿燈籠褲的土耳其人在同一天裡上下樓梯四次，誰會去計算他究竟進門幾次、外出幾次哩！到了第五次，共犯進門，沒有人起疑。這就是犯案的手法，讓人不由得要脫帽致敬！想出這個方法並執行這個方法的人是位大師，依我看，有這等能耐的大師可謂天下無雙！班瓦立和亞維諾夫伯爵各出現過一次，那麼，我是不是可以合情合理地推測，第三次出現的人，會以第三種面貌出現在我們手上這樁疑案當中呢？先是土耳其人，再來是俄國人……然後，我們來注意看看，現在在場的，有誰同樣來自異國，而且穿著特殊？」

巴內特停了下來，沒再說話。歐嘉憤怒地揮手，她突然聽懂了巴內特這番解釋的目的。她開口抗議道：「不可能！我不接受這種含沙射影的說法。」

普列戈寬容地笑了。「別和他計較，歐嘉夫人。巴內特先生是在開玩笑——」

「顯然如此，普列戈先生，」巴內特說：「我玩得很開心，您說得有理，不必把我這篇冒險故事當眞，至少，在聽到結局之前的確不必。我當然知道您是外國人，您的穿著引人注目，白手套加上白鞋套。沒錯，您表情多變，可以輕鬆地由俄國人變身為土耳其人，再搖身一變，成了來路不明的外國佬。毫無疑問地，您是這地方的常客，身兼好幾個不同的身分，所以您一天會出現好幾次。再加上您有無懈可擊的良好聲譽和歐嘉．佛邦的相挺，讓我無論如何都不可能指控您。那麼我該怎麼辦？您知道我的處境有多尷尬嗎？您是唯一的嫌犯，偏偏您又不可能是嫌犯。這樣說對吧，歐嘉．佛邦？」

「不，不可能，」歐嘉的雙眼閃爍著熱切又焦急的光芒，她說：「那麼您到底指控誰？打算怎麼做？」

「方法很簡單。」

「什麼方法？」

「我設下了一個陷阱。」

「陷阱？您怎麼做？」

吉姆・巴內特問：「您前天是不是接到一通洛南恩男爵打來的電話？」

「是的，沒錯。」

「他昨天來拜訪過您？」

「對……對。」

「他是不是帶來了一大箱龐巴杜夫人的銀器？」

「是呀，東西就在這張桌子上。」

「洛南恩男爵破產了，想出售從艾提歐家族繼承得來的這箱銀器，您暫時把東西留下來，負責保管到星期二，也就是明天。」

「您怎麼知道的？」

「我就是那位男爵。請問您是否已經向身邊的人展示過這些精緻的銀器，讓大家欣賞？」

「有的。」

「另外，您的母親有沒有接到一封從家鄉拍來的電報，請她去探視生病的姊妹？」

「是誰告訴您的？」

「電報是我發的。所以，您的母親已經在今天早上離開巴黎，而到明天之前，這只裝銀器的箱子一直擺在練習室裡。對於與您相熟且曾經將您臥室洗劫一空的人來說，這是多麼大的誘惑啊，他想要再次大膽行動，扒走這些更容易下手的銀器。」

歐嘉突然害怕了起來，大聲說：「竊賊會在今天晚上行動？」

「就是今天晚上。」

「太可怕了！」她的聲音開始發抖。

這時，一直默不作聲的普列戈站了起來，說：「沒什麼好害怕的，歐嘉夫人，因爲您事先接到警告，所以只要向警方報案就可以了。如果您同意，我這就去報案。」

「啊，千萬不要！」巴內特出聲抗議：「我需要您，普列戈。」

「我看不出自己能幫上什麼忙。」

「當然是幫我逮捕共犯啊！」

「我們有的是時間，因爲竊賊行動的時間是在今天晚上。」

「沒錯，但是您別忘了，共犯事先潛進公寓裡了。」

「已經進來了？」

「進來半個小時了。」

「什麼！當我人在屋裡的時候進來的？」

「在您第二次進屋之後進來的。」

「不可思議。」

「我親眼看到他進來，就和我現在看著您一樣清楚。」

「這麼說，他躲在公寓裡？」

「對。」

「在哪裡？」

巴內特伸手指著門口。

「那裡。衣帽間有個掛滿衣物的衣櫃，一整個下午幾乎沒人開過，他就躲在那裡面。」

「但是，他不可能自己進來。」

「的確不可能。」

「誰幫他開門？」

「你啊，普列戈。」

當然囉，從對話開始之初，巴內特的話，明擺著就是針對這位體操教練而發，所有的暗示也越來越明確。然而，這個突如其來的正面攻擊還是讓普列戈嚇了一跳。他扭曲的表情終於顯露出一直隱忍到現在的複雜情緒：憤怒、焦慮、壓抑……巴內特看出他的遲疑，趁機跑到衣帽間去，從衣櫃裡揪出一個男人，將這人推進練習室。

「啊！」歐嘉驚呼：「這是眞的呀？」

這個男人的體格和普列戈相仿，穿著相同灰色的衣服，罩了白鞋套。他們都有張圓臉，表情一樣多變。

「您忘了戴帽子和手套囉，先生。」巴內特說完話，往男人頭上套上淺色的毛帽，接著遞給他一雙白手套。

歐嘉愣住了，一步一步地往後退，她的目光沒有離開眼前的兩個男人，往後退到繩梯上。在這一瞬間，她突然領悟到普列戈是個怎麼樣的人，明白在他身邊會有什麼危險。

「怎麼樣啊，」巴內特邊笑邊對歐嘉說：「有趣吧？他們長得雖然沒有雙胞胎相像，可是體格相近，都有張彷彿扮過小丑的臉，再加上一模一樣的衣著，這兩個人簡直像兄弟。」

兩名竊賊越來越心慌。但綜觀全局，他們兩個人畢竟都孔武有力，而對手不過是一個體格中庸，穿著過窄的正式外套，看似公司小職員的平凡男子。

普列戈含糊地用外文低聲說了一句話，巴內特立刻翻譯。

「沒必要用俄語，」他說：「偷問你的同黨有沒有帶槍。」

普列戈氣得發抖，再用另一種語言說了幾個字。

「算你倒楣！」巴內特怒斥：「我的土耳其文流利得不得了！還有，我也想警告你們，那位貝舒——你們認識的，他是歐嘉的丈夫——帶著兩名同事守在樓梯間。只要聽到槍響，他們立刻會反應。」

普列戈和他的同伴交換個眼色，不知該如何是好，然而沒到最後關頭，他們不可能放棄。兩人不動聲色，用慢得幾乎難以察覺的速度接近巴內特。

「來得好！」巴內特大吼一聲，「放馬過來吧，不要縮手，你們得先打倒我，才能從貝舒面前逃脫。注意了，歐嘉夫人！您馬上要目睹一場精采的演出！兩個壯漢對付一個瘦小男人，這好比兩個巨人打一個大衛……來吧，普列戈！動作快！加油，勇敢一點！來掐我的脖子！」

雙方之間只有三步的距離，兩個惡煞摩拳擦掌，一眨眼之間就發動了攻勢。

巴內特搶在兩人之前先出手，他低頭往前撲，抓住兩人各一隻腳，將他們整個人翻倒過去。這兩人還來不及防備，就感覺到有隻鐵鉗般的手緊緊扣住他們的腦袋，他們無法喘氣，雙手跟著鬆軟地垂了下來。

「歐嘉・佛邦，」巴內特用令人震驚的冷靜語氣說：「麻煩您開門喊貝舒進來。」

歐嘉從繩梯上往下跳，她的身子雖然虛脫無力，但仍以最快速度跑向門口。

「貝舒！貝舒！」她放聲大喊。

她帶著貝舒進門，激動又害怕地對他說：「成功了！他把他們撂倒了，他一個人辦到的！沒想到他這麼厲害！」

「來，」巴內特對貝舒說：「這兩個傢伙交給你了。你來幫他們上手銬，我才能放手讓他們呼吸，可憐的混蛋啊！不必，別銬太緊，貝舒！我保證他們會乖乖聽話。對不對啊，普列戈？你應該不會抱怨吧？」

他站起身來，親吻歐嘉的手背，女郎訝異地打量他。接著，他愉快地說：「啊，貝舒啊，今天這場行動眞過癮！逮到兩隻又大又狡猾的野獸！普列戈，請接受我的讚美，你們的手法眞是太巧妙了。」

在貝舒銬住普列戈的時候，巴內特友善地伸手輕點體操教練的前胸，難掩喜色地說：「我說啊，眞天才。瞧，剛才我們坐在門房的小屋裡監視，我早看穿了你的伎倆，所以知道最後一個走進來的不是你本人。但是貝舒呢，他儘管猶豫了一下，仍然跌入你的圈套當中，他以爲戴著白手套、白鞋套，頂著淺色帽子，身穿灰衣的人，就是在他眼前進出好幾次的普列戈，於是，第二個普列戈才能好整以暇地上樓，走進你刻意不關的門，然後躲入衣櫃裡。這和臥室家具憑空消失當晚的情形一模一樣，誰能說你不是天才呢？」

巴內特顯然控制不住內心的狂喜。他俐落一跳，跨坐到鞦韆上，接著跳向固定的立桿，攀著桿子打轉，然後再抓住繩結，盪向吊環，晃向繩梯，一連串流暢的動作幾乎可以和籠中的猴子比美。然而最可笑的，莫過於他身上舊外套僵硬的垂尾隨著他的動作急速地旋轉，看起來眞是荒謬極了。

歐嘉越來越困惑了，突然間，她只見巴內特杵到她的面前。

「美麗的女士，摸摸看我的心跳，一點兒也不急促，對吧？我的額頭呢？一滴汗也沒有。」

他拿起電話，要接線生爲他接引。

「麻煩接警察局，警察總局的研究室……啊！是你嗎，亞伯特？我是貝舒。什麼，你認不出我的聲音嗎？沒關係！我要告訴你的是貝舒警探逮到了兩名殺人犯，他們是歐嘉・佛邦家竊案的主謀。」

他又對貝舒伸出手，說：「所有的榮耀都歸在你身上，老朋友。女士，我告辭了。普列戈，你怎麼用冷眼看我呢？」

普列戈嘀嘀咕咕地說：「我認爲天底下只有一個人有能耐逮到我。」

「是誰啊？」

「亞森・羅蘋。」

巴內特高聲說：「說得好，普列戈，你對心理學還眞有研究！你啊，只要別昏了頭，你還是大有可爲的！只是，你那腦袋似乎和你的肩膀不太搭調呢！」

他放聲大笑，向歐嘉道別，隨後哼著歌，踏著輕快的腳步離開。

「伊席鐸……愛我，但是我偏偏愛……詹姆。」

第二天，面對著各式證據，經過重重逼問之後，普列戈終於供出他將歐嘉・佛邦臥室的家具擺設全藏在郊區的一處倉庫裡。這天是星期二，巴內特果然沒有食言。

接下來的幾天當中，貝舒到外省出差辦案。當他回到巴黎的時候，看到巴內特留了張紙條給他，上面寫著：

你就承認吧，我的確不同凡響！我沒有從這次的案子中取得任何利益！沒做出讓你苦惱的舉動！但是，從另一個角度看，你的尊重就是我最大的收穫！

那天下午，貝舒下了決心打算斷絕他和巴內特之間的關係，於是來到拉柏德街上的巴內特偵探社。偵探社沒開，門口貼了張布告：

外出談情說愛，暫停營業
蜜月後重新開張

「眞是的，這是什麼意思？」貝舒咕噥抱怨，內心開始不安。

他跑到歐嘉的住處，發現公寓門也是鎖上的，接著，他去了趟女神歌舞廳。歌舞廳的工作人員告訴他，這名備受歡迎的歌手付了一大筆違約金，離開巴黎，旅行去了。

「該死，眞是該死了！」貝舒走到大街上，嘴裡不停地嘮叨：「有可能嗎？他沒拿錢，反而是利用破案的好時機去勾引……」

太可疑了！太讓人悲痛了！要怎麼確定這件事呢？還是說，要怎麼做才能不要知道，不要證實他心裡最擔憂的情況？

唉，天可憐見哪！巴內特果然沒放過到手的獵物。在接下來的日子裡，貝舒接到了好幾張明信片，上面寫的淨是些熱情洋溢的文字：

啊！貝舒，羅馬的月色皎潔！貝舒，如果你喜歡，請來西西里島……

貝舒咬牙切齒道：「混蛋東西！之前的事，我全都原諒你了，但是這次我絕對不能接受。我很快就會復仇的！」

譯註：

①女神歌舞廳（Folies Bergères）是巴黎一家咖啡館式音樂廳（Cabaret），位於第九區，在一八九〇年代至一九二〇年代達到其鼎盛時期，與黑貓夜總會（Le Chat noir）齊名。於一八六九年以「Folies Trévise」之名開張，三年後改為現名，其演出以華麗服裝、堂皇排場及異域風情著名，時有裸體表演。

chapter 9

逮捕吉姆・巴內特

貝舒衝過警察局的拱門，穿過中庭後再爬上樓梯，敲都沒敲一下就逕自拉開門面對他的直屬上司。激動之下，他的臉孔扭曲，講起話來也結結巴巴。

「吉姆・巴內特捲進戴洛克的案子裡了！我在戴洛克議員家門口看到他，我親眼看到的。」

「吉姆・巴內特？」

「沒錯，就是我向您提過幾次的那名私家偵探，長官。他已經失蹤好幾個星期了。」

「和跳舞的那位歐嘉一起失蹤的？」

「對，也就是我的前妻。」貝舒義憤填膺地說。

「然後呢？」

「我偷偷跟蹤他。」

「他沒發現？」

「我跟蹤的對象從來不會發現我，長官。他看似閒逛，但其實有所防範，這個無賴東西！他先繞過星星廣場，然後沿著克列白大道來到托卡德羅廣場附近，靠近一名坐在長椅上的女人身邊停了下來。這位漂亮的波西米亞女郎披著彩色披肩，有一頭黑色的秀髮。他們輕聲交談了一兩分鐘左右，我幾乎看不見嘴唇的動作。有好幾次，兩人把目光投向克列白大道和廣場轉角邊的一棟建築。沒多久，他起身離開去搭乘地鐵。」

「你一直跟著他？」

「是的，可惜車子剛好開走，我來不及上車。當我回到廣場的時候，那名波西米亞女郎已經離開了。」

「他們監視的那棟建築物，你去查過沒有？」

「我正要說，長官。」貝舒用誇張的語氣接著述說：「這棟建築物的五樓有一戶帶家具出租的公寓，退休將軍戴洛克在這地方已經住了四個星期，您知道的，他是嫌犯的父親，特地從外省來到巴黎，爲遭控擄人、非法監禁和謀殺的兒子辯護。」

貝舒這句話果然發揮了預期的效果，長官說：「你去拜訪將軍了嗎？」

「他親自爲我開門，我一刻也沒浪費，馬上向他報告了我親眼目睹的狀況。他絲毫不驚訝，因爲有一名波西米亞女郎在前一天夜裡來拜訪過他，表示願意提供看手相和紙牌算命的服務，索價三千法郎。她會在今天下午的兩點到三點鐘之間，坐在托卡德羅廣場上等他回覆。他只要打個手勢，女郎就會上樓。」

「她能算出什麼？」

「她表示自己有本事找回那張相片。」

「那張我們遍尋不著的照片？」貝舒的長官拉高了嗓門問道。

「就是那張照片，那張足以讓戴洛克議員定罪或還他清白的照片。當然，這要看我們是站在檢方的立場，或是辯方——也就是老戴洛克的立場而定。」

兩個人久久沒出聲。接著，貝舒的長官壓低聲音，幾乎是推心置腹地對他說：「你知道，貝舒，我們願意付出多少代價來找回這張照片嗎？」

「我知道。」

「比你想像的還多。聽好了，貝舒，我們必須先檢方一步，把這張照片拿到手。」長官把音量壓得更低了，「警方一定要先拿到。」

貝舒以同樣嚴肅的語氣回答：「您會拿到手的，長官，而且我還會一併把巴內特交出來。」

* * *

一個月之前，韋拉帝先生在午餐時間沒看到妻子出現。

韋拉帝是位銀行家，財力雄厚，政商關係良好，作風果斷，事業有成，在巴黎有莫大的影響力。那天晚上，夫人還是沒有回家，甚至一整夜都不見人影。警方於是展開了搜索，經過仔細調查之後，他們查出克麗絲汀・韋拉帝的住家離布隆尼森林不遠，她每天早上都會去森林散步，失蹤當天，有個男人在一處罕有人跡的小徑上和她攀談，接著將她推進車中帶走，車子急速行駛，朝塞納河方向開去。

沒有人看見這位先生的臉，只知道他應該是個年輕人，身穿深藍色外套，外罩一件黑披風。警方只掌握了這些線索。

兩天過去了，仍然沒有新的消息。

接著，戲劇性的轉折出現了。一天，接近傍晚時分，距離由沙特往巴黎的馬路不遠之處有幾個農夫正在工作，他們看見一輛汽車高速疾駛而來。突然間，大家嚷嚷起來。他們看見車門打了開來，從車裡騰空拋出一名女子。

大夥兒立刻衝了過去。

就在這個時候，車子衝上了邊坡草地，撞上樹後翻了過去。有個男人奇蹟似地毫髮無傷，他一爬出車外，便立刻跑向女人。

女人因爲頭部撞上石堆，當場就斷了氣。

大夥兒將女人送到鄰近村鎮，並且立即通知警方。車上的男人沒有推託，大方地說出了自己的名字。他是祥恩·戴洛克議員，身兼反對黨的領袖，在議會有舉足輕重的地位。而過世的不是別人，正是韋拉帝夫人。

一場大戰隨即展開，憤怒的丈夫滿心怨恨，而且，有部分內閣官員希望看到戴洛克議員因此葬送前程，在他們的運作之下，司法單位也積極介入調查。強行擄人者的確是祥恩·戴洛克，因爲他和攻擊克麗絲汀·韋拉帝的人一樣，都穿著藍色外套和黑色披風。至於謀殺這項指控呢，現場目擊的農夫說法十分明確：他們看到車上的男人伸手推女人。議員的豁免權將會遭到解除。

面對指控，祥恩·戴洛克的態度甚是奇怪。他直接了當地承認擄人和非法監禁，但堅決地否認了農夫的證詞。根據他的說法，韋拉帝夫人是自己跳下車的，而他因爲拉不住夫人，所以無法及時阻止。

然而對於夫人自殺的動機、擄人的詳細情況、失蹤這兩天之間的細節、這趟行程的路線，以及導致最後悲劇的波折，戴洛克議員則是固執地噤聲不談。

外界無從得知議員在什麼地方，或透過什麼方式認識了韋拉帝夫人，大家甚至不能確定夫人是否認識議員，因爲韋拉帝先生表示自己從來沒見過議員。

如果有人逼問，議員的回答永遠是：「我沒別的話好說，隨你們高興，愛怎麼想就怎麼想，你們愛怎麼處置我就怎麼做。我無論如何也不會多說。」

他不再出席議會舉行的會議。

第二天，幾名警探到議員家按電鈴，貝舒也在其中。

議員親自開門之後，說：「我準備好了，我隨時可以跟你們走，先生。」

警方在他家中仔細地搜查，在他書房的壁爐裡找到一堆灰燼，這表示他燒毀了不少文件。警方又在議員家中翻箱倒櫃地搜索，翻開書櫃上的藏書，還綑起了不少資料準備扣押。

對於這次令人厭煩的搜查工作，祥恩・戴洛克無所謂地冷眼旁觀，彷彿事不關己。但當時現場倒是出現了一個值得注意的激烈狀況。貝舒比其他同事幹練得許多，他拿起一卷看似無意留在置物盤上的紙卷，正準備檢查，這時祥恩・戴洛克衝了過來，從他手中搶去紙卷。

「這東西一點也不重要！這是一張照片，一張從裱背『卡紙』上脫落下來的照片。」

貝舒警覺到戴洛克的反應太不尋常，於是想拿回紙卷。豈料議員拔腿就跑，衝出書房之後還關上門，跑進相連的接待室。在這個接待室裡，有一名擔任警戒的員警。貝舒和同事立刻追了出去，經過一番爭辯之後，他們搜查了祥恩・戴洛克的口袋，卻沒有找出捲成紙軸的照片。警探們接著詢問員警，後者表示他只負責擋住議員，至於警探想找的那一卷紙張，他則一概不知。在警方出示拘票之後，戴洛克議員正式遭到拘提。

事件的重點大致如此。這個案子在當時（第一次世界大戰爆發前夕）造成了莫大轟動，可謂無人不知、無人不曉，因此相關的細節無須贅述，在此也不必多提貝舒的貢獻，如果沒有他，檢方的調查根本毫無所獲。這篇故事的重點不在於釐清戴洛克事件的案情，而是要敘述一段曲折的祕辛，就是這段故事，讓貝舒和他的對手，即私家偵探巴內特之間的爭鬥終於有了公開的了斷。

這回，貝舒至少掌握到一張王牌，他太熟悉巴內特的手法，知道巴內特會從哪一點切入，尤其這次事件發生在貝舒的地盤上。翌日，在警察局長親自照會之後，貝舒來到了戴洛克將軍的住處。

一名僕傭幫他開了門。這名傭人挺著大肚腩，加上身上的黑色正式長外套，看起來簡直像個鄉下代書。他領貝舒進到屋內。從兩點到三點之間，貝舒一直站在窗後監視托卡德羅廣場，波西米亞女郎始終未現身，第二天情況依然如此。說不定，巴內特早已開始提防貝舒。

貝舒取得戴洛克將軍的同意，決定繼續監視。這位將軍又高又瘦，精力充沛，身穿灰色小禮服，流露出一度身爲軍官的風采。將軍是那種態度冷漠，罕與尋常人等交談的人士，然而在情緒影響之下仍會激昂熱切地發表意見。最能牽動將軍情緒的人莫過於他的兒子，對將軍來說，祥恩・戴洛克的清白無庸置疑。他一到巴黎，就在接受訪問的時候抒發看法，讓不少人爲之感動。

「祥恩絕不可能做壞事！他唯一的缺點是太過正直，一旦認眞起來，甚至會忘掉自己，忽視自己的所有利益。我就是顧慮到他這種極端的個性，才拒絕到拘留所裡去探望他、不願意和他的律師接觸，也不顧他的反對。我來這裡並不是爲了和他討論對策，而是要爲他辯護。人人都有榮譽心，如果他的榮譽心讓他不願開口，那麼我的榮譽心將會讓我捍衛家族名聲，不讓名聲遭到玷污。」

某天，將軍被逼急了，他大聲說：「你們想知道我的看法嗎？那麼，我就直說。祥恩沒有擄走任何人，對方是自願和他離開的，他之所以保持緘默，是因爲他不想傷害過世的人。而且，我深信死者和祥恩之間曾經擁有過親密的關係，只要去查，一定查得出來。」

將軍本人的確是努力查證。他對貝舒說：「我到處都有朋友，這些人深具影響力，而且願意協助我調查，但是，和您相同，我們的成果有限，貝舒先生。因爲我們和您一樣，都缺少一件證據，也就是那張眾所周知的照片。照片就是關鍵！您一定看得出來，這當中一定有陰謀，銀行家韋拉帝和我兒子的政敵都捲入其中，他們背後有某些政府官員撐腰，這些人全都想要找出能讓祥恩下台的資料。韋拉帝那邊甚至提出巨額懸賞給提供有用資訊的人。我們等著看，會有那麼一天的，我們定會拿到證據證明我兒子的無辜。」

對貝舒而言，能不能證明祥恩·戴洛克的清白並非重點。他的任務是攔下那張照片，而且貝舒相信，就算對戴洛克議員有利的證據眞的存在，也早已被其政敵銷毀。所以，盡忠職守的貝舒提高了警覺，他殷切等待還沒出現的波西米亞女郎，密切注意尙無蹤影的巴內特是否會現身。他暗自記住了戴洛克將軍說過的話，在這些話語之中，他聽得出將軍的手段、沮喪和希望。

某天，老將軍露出一副若有所思的模樣，大聲喚來貝舒，他顯然得到了新的線索。

「貝舒警探，我和朋友們討論出一個新的想法，我們覺得唯一有可能知道照片究竟怎麼消失的人，就是在我兒子被捕當天，攔下我兒子的那名站崗員警。讓人百思不解的是，沒有人知道這名警衛的名字。大家只知道當時有人到他的單位，要求調派人手支援。可這名員警後來怎麼了呢？沒有人知道，至少，您的同僚都不清楚。但是警方的高層曉得，貝舒警探，我們確定這名員警接受過盤查，而且目前遭到嚴密的監視。據說，他的住處經過仔細搜查，他的家人以及所有衣服和家具都經過了檢查。我可以說出負責搜索任務的警探是誰嗎？就是您，貝舒警探。」

貝舒沒有承認也沒有否認。看到他不置可否的反應，將軍說：「貝舒先生，您的沉默代表我的資訊正確。我確信後續將有進展，也相信您的長官一定同意讓您帶這名員警來見我。您去照會負責的單位，如果他們拒絕我，那麼我將會……」

貝舒主動接下這件差事，他的計畫沒有成功。巴內特現在的狀況呢？他在這個案件當中扮演了什麼角色？巴內特不是坐以待斃的人，等到他出現在眼前的時候，那麼，爲時已晚。

貝舒得到幾名長官的授權，兩天之後，將軍的男僕席維斯特帶著貝舒和韓波員警走進將軍屋裡。韓波態度沉穩，身穿制服，腰際掛著一把手槍和白色的警棍。

會談的時間很長，但卻沒問出任何有用的資訊，韓波信誓旦旦地表示自己什麼都沒看到。然而這次的會面倒是讓將軍明白了韓波爲何會遭到監視，他之所以能得到員警的工作，全是靠議員的協助，緣於他曾經和議員同在一個軍團效命之故。

戴洛克將軍軟硬兼施，開口懇求，憤怒威脅，還用兒子的名義發言。然而韓波就是不爲所動，說他沒有看見照片，而且當時戴洛克議員情緒激動，甚至沒有認出他是誰。經過劇烈的爭辯，將軍終於放棄。

「謝謝您！」將軍說：「我希望能相信您的話，但是您和我兒子的交情匪淺，這樣的巧合，讓我不得不心存懷疑。」

他搖鈴喚來男僕。

「席維斯特，帶韓波先生出門。」

男僕帶著這名員警一起出去，玄關的門砰的一聲關起。在這個時候，貝舒看到了戴洛克將軍的眼神，他的目光似乎充滿了笑意，除了荒誕離譜的喜悅之外，貝舒實在找不出別的形容詞。可是……

幾秒鐘過去了，突然間，貝舒看到一幕讓人目瞪口呆的景象，他睜大了眼睛，這時候將軍爆笑出聲。客廳敞開的門口有個怪異人形現身，這個人頭下腳上，用撐住腦袋的雙臂行走，圓滾滾的身子像顆球，細瘦的雙腿朝著天花板的方向不停擺動。

突然間，這個人形站了起來，踮起一隻腳，曲起另一隻腳，像個陀螺般地打起轉來。這是突然發狂的男僕席維斯特，他像個伊斯蘭苦行僧般打轉，碩大的肚腩隨著動作擺動，漏斗般大開的嘴裡還不停發出笑聲。

這真的是席維斯特嗎？貝舒看著不可思議的一幕，額頭上冒出了冷汗。這真的是大腹便便、穿著活像鄉下代書的男僕席維斯特嗎？

他俐落地停下動作，站在目瞪口呆的貝舒面前，先撕下一張易容用的笑臉面具，接著再脫掉正式的外套，解開背心的鈕釦，掏出橡膠做的假肚子，套上戴洛克將軍遞過來的外衣，然後再次看著貝舒，嚴厲地說出底下這句評語：「貝舒大笨蛋！」

貝舒沒發脾氣，畢竟以他現在這等可憐兮兮的表現，這個侮辱還不算太嚴苛。他只說了句：

「巴內特……」

「巴——內——特。」他的對手說。

戴洛克將軍開心地笑了。巴內特對他說：「請見諒，將軍。只是，每當我出奇制勝的時候都會太過開心，不是想要表演體操，就是會跳些可笑的舞蹈。」

「這麼說，您成功了嗎，巴內特先生？」

「應該沒錯，」巴內特說：「這全要歸功於我的老朋友貝舒。不過咱們別讓他等，趕緊從頭說起吧！」

巴內特坐了下來，將軍和他各點了根菸抽。

巴內特開懷地說：「是這樣的，貝舒。我人正在西班牙時，接到一封朋友發來的急電，要我回來協助戴洛克將軍。你還記得吧，我當時和一位迷人女郎度蜜月去了，誰知雙方的愛意逐漸消減。我趁這個機會重拾自由之身，回巴黎時，陪在我身邊的是一名我在西班牙格拉那達邂逅的波西米亞女郎。一發現負責這個案子的警探是你，我興致就來了，沒多久，我便作出結論：如果眞有一件對戴洛克議員有利或有弊的證據，那麼我們只能找當初攔下議員的站崗員警來問個清楚。說到這裡，貝舒啊，我不得不承認，無論我用了什麼方法、動用哪些資源，就是問不出這名員警的名字。這下該怎麼辦呢？日子一天天過去，將軍和他兒子想要拿到這份證據的可能性就越來越渺茫。於是乎，你成了我們唯一的希望。」

頹喪的貝舒一動也沒動，他覺得自己是這場騙局中最可悲的犧牲者。沒救了，無計可施了，一切已成爲定局。

「而你啊，我的好貝舒，」吉姆・巴內特說：「我們曉得你一定知道，因爲你接到指派，負責質詢這名員警。但是我們該怎麼做才能把你引過來呢？簡單哪！我找了一天在你面前現身。我讓你跟在我身後，一路追到托卡德羅廣場，並且在這裡安排了我美麗的波西米亞女郎。我們低聲交談了幾句話，瞄了這地方幾眼，你就跌進了陷阱，你是那麼一心想逮到我，或逮到我美麗的共犯。你的戰備位置在這裡，在戴洛克將軍的身邊，在他男僕席維斯特的身邊——也就是我身邊。我每天都可以看到你，聽到你說話，還可以透過戴洛克將軍來影響你。」

吉姆・巴內特轉身看著將軍。

「請接受我的讚美，將軍，您在貝舒面前的表現實在細膩，消除了他所有的疑慮，一路引導他往目標前進，也就是說，讓他將不知名的員警帶到我們面前。沒錯，貝舒，我們只要見個幾分鐘就夠了。但是，我們的目的何在呢？你的目的，警方、檢方，以及世人的目的又是什麼？就是找回照片嘛，對吧？我明白你有多幹練，也知道你的搜查肯定面面俱到。所以，我沒必要再去你檢查過的地方尋找。我必須想出別的點子，想出個不尋常又與眾不同的點子，而且，我必須提早想出來，如此一來，我才能在這位好員警到達這裡的時候，神不知鬼不覺地在最短時間裡搜他的身。衣服、口袋、內襯、鞋底、鞋跟，這些都是可以藏東西的地方，但也都是老招數了。我必須……必須猜出他把東西藏在哪裡，貝舒。藏東西的位置定是外人料想不到且不起眼的地方，必須兼顧奇妙、可行兩項特點，要看不出來但又不刻意，此外還得符合這個人的特定職業。那麼，站崗員警這個工作有什麼特殊的地方呢？他和一般的軍警、海關、火車站站長，或警察局的小警探有什麼不同之處？貝舒，你想想看呀，比較看看。我給你三秒鐘思考，不能再更久了，因為這個特點太明顯。一……二……三……怎麼樣，你想到了嗎？」

貝舒完全想不出來。儘管眼前的情況荒謬，他仍聚精會神地思考，想像一個值勤的員警是什麼模樣。

「好啦，我可憐的老朋友啊，你今天腦袋不靈光，」巴內特說：「你一向觀察入微的！難道要我把一切解釋得清清楚楚嗎？」

巴內特在鼻子上擺了個東西。他方才走了出去，再次進來的時候，就把一根警棍架在鼻子上，這根白色的警棍和巴黎員警的警棍相同，和倫敦以及世界各地的員警用來引導、指揮群眾，用來疏導行人、車流的警棍一樣。簡單說，這根警棍是街頭霸王，是時間控管的主宰。

巴內特將警棍當作雜耍用的瓶子把玩，一會兒從胯下扔過去，一會兒又從背後往上拋，接著又讓棍子繞著他的脖子轉。接著，他坐下來，用大拇指和食指捏起警棍，說：「我白色的小警棍啊，你是權威的象徵，我剛剛拿你眾多兄弟其中之一將你換下來，我沒猜錯，對吧？你應該就是那個堅不可摧的保險箱，把眞相藏在肚裡。小白棍啊，你好比魔法師梅林的魔杖，只不過，你擋下的座車裡坐的是糾纏不休的銀行家，還有和我們立場敵對的官員，你保管著換取自由的護身符，沒錯吧？」

他用左手握住警棍刻有凹槽的把柄，右手握住上了白漆的硬質梣木，使勁將警棍轉開。

「沒錯，」他說：「我猜對了。多麼傑出的作品啊，幾乎不可能完成的傑作，這是精緻工藝才可能帶來的奇蹟，我猜，韓波有個善於工藝的疏遠朋友。他得具備哪種奇才天分，才有能力先挖空一小段梣木棍，在裡面安裝小管子，然後在沒有出現任何裂痕的木棍上計算出完美的螺距，讓兩端緊緊密合，好讓警官的權杖不至於從把手上脫開？」

巴內特轉開警棍。把手分開了，露出內側的黃銅小管。將軍和貝舒看得出神，警棍分成兩段，較長的一段內側有一個直通到底部的黃銅小管。

三個人的臉色一樣緊繃，全屏住了呼吸。巴內特一反常態，動手時多了些莊重。

他把管子倒過來，在桌面上敲了敲，一卷紙張登時掉了出來。

貝舒鐵青著臉，結結巴巴地說：「是照片……我看出來了……」

「你知道這張照片，是嗎？尺寸大約是十五公分，從卡紙上脫落下來的照片，有點皺摺。您想不想親手攤開照片呢，戴洛克將軍？」

戴洛克將軍一手將照片搶了過來，但是心情已不若平時篤定。除了照片之外，這疊捲起來的文件還有釘在一起的四封信和一封電報。他盯著照片看了好一會兒，接著才展示給在場的兩名同伴看。將軍開始解釋，他的音調中充滿了難以斷定的情感，先是喜悅，但漸漸地聽得出越來越深沉的焦慮。

「照片上是一名女子，年輕的女郎還抱個孩子在腿上。她的神韻，和我們在報紙上看到的韋拉帝夫人十分相似。毫無疑問，這個女人就是她，拍攝的時間大約是九年或十年之前。照片上的日期……這裡，在下面，你們看，我沒有說得太離譜……這張照片是十一年前拍的……下方的署名是克麗絲汀，也就是韋拉帝夫人的芳名。」

戴洛克將軍喃喃地說：「我們該怎麼看待這些資料呢？所以，我的兒子在那個時候，在她還沒結婚之前就已經認識她了嗎？」

「將軍，讀讀那些信。」巴內特攤開第一張紙，這封信的右上角有好些摺痕，信上的字跡顯然是出自女性之手。

戴洛克將軍一開始讀信，就強壓下一聲驚呼，彷彿得知了一件嚴重又令人痛苦的消息。巴內特將資料一份一份遞給將軍，後者急切地繼續讀其他幾封信和電報。讀完之後，他沒有開口，但是臉上看得出焦慮。

「您可以爲我們說明一下嗎，將軍？」

將軍沒有立刻回答。他的眼眶濕濡，好一會兒之後，才終於用低啞的嗓音說：「我才是眞正的罪人。十多年前，我的兒子祥恩愛上了一個普通人家的女孩，一名女工。他們生下了一個孩子……一個小男孩……他想娶她，但是我出於高傲，愚蠢地拒絕和她見面，大力反對這樁婚姻。他本來想反抗我的意願，但是女孩卻自我犧牲……這是她寫的信，第一封信……

永別了，祥恩。你父親不願意接受我們的婚姻，你不該違背他的意願，因爲這會爲我們的孩子帶來不幸。我把這張我們母子的合照寄給你，請你永遠保存，不要太快忘了我們……

「忘記的人是她，她嫁給了韋拉帝。祥恩知道這件事之後，將孩子帶到沙特附近託給一名年長的教師撫養，孩子的母親也會偷偷地去探望她的兒子。」

貝舒和巴內特靠了上來，因爲將軍的聲音小得聽不清，他似乎只說給自己聽，雙眼沒有離開過信件。這些信，揭露了一段令人不安的過去。

「最後一封信，」他說：「是五個月之前寫的，只有短短幾行字。克麗絲汀坦承自己的內心備感悔恨，說她愛他們的孩子，她沒有繼續寫下去。最後是那名年長教師發給祥恩的電報：『孩子病重，速來。』接著是我兒子在這封電報上寫下了可怕的結局：『我們的兒子死了，克麗絲汀自殺身亡。』」

將軍再次陷入沉默。不必多作說明，案情自然有了解釋。祥恩一定是在收到電報後立刻去找克麗絲汀，然後開車帶著幾乎虛脫的克麗絲汀前往沙特。克麗絲汀見到兒子的屍體，當場絕望崩潰，接著才選擇自殺。

「您打算怎麼做，將軍？」巴內特問道。

「說出眞相。祥恩不說，顯然是不想讓死者揹上惡名，但他同時也是爲了不讓我牽連進去。可是我應該要爲這個沉痛的事件負責。沙特的教師沒有背叛祥恩的信任，韓波也是，儘管如此，祥恩仍然希望事實眞相不被湮滅，讓命運將一切歸回應有的位置。因爲，巴內特先生，您成功地……」

「我的確是成功找出這些東西，將軍，但您別忘了，這要歸功於我的朋友貝舒。如果貝舒沒把韓波和他的白色警棍帶到我的面前，那麼我就成了輸家。將軍，您應該感謝貝舒。」

「我要感謝兩位，你們救了我的兒子，我會毫不猶豫地負起我的責任。」

貝舒完全贊同戴洛克將軍的決定，這個事件爲他帶來太大的影響，於是他決定將自尊放到一旁，不再打算攔下這份警方尋找已久的文件。他的良知戰勝了職業道德。在將軍離開客廳之後，他靠向巴內特，拍了拍巴內特的肩膀，突然開口說：「我要逮捕你，吉姆·巴內特。」

他說話的語氣既天眞又充滿自信，就像一個明知威脅無效，但在不違背逮捕巴內特這頭號任務的狀況下，又不得不說出口的人一樣。

「說得好，貝舒，」巴內特說，一邊向他伸出手，「說得好！我被捕了，束手就擒。這樣一來，任何人都沒立場指責你了。好了，這會兒，如果你不介意，我要大方逃脫了，這足以證明你我之間的情誼有多麼讓人滿意。」

這種油然而生的率眞引起了貝舒內心的共鳴，他情不自禁地說：「沒人比得過你，巴內特，你眞是聰明絕頂。你今天的表現眞可比擬奇蹟。你竟然猜得出來！在缺乏任何線索的狀況下，你竟有辦法猜出警棍裡內藏玄機！」

巴內特誇大地說：「咳！在重金的誘惑之下，我的想像力總是特別豐富。」

「什麼重金？」貝舒焦急地說：「難道是戴洛克將軍提供的酬勞？」

「我會回絕！因爲巴內特偵探社提供的是免費諮詢，你別忘了。」

「那麼……」

吉姆·巴內特毫不留情地說：「貝舒啊，我瞄了第四封信一眼，發現克麗絲汀·韋拉帝打一開始就誠實地把事情告訴了她的丈夫。所以說，韋拉帝先生知道妻子過去的那段情，也知道她有個孩子。韋拉帝沒澄清這點，這等於是欺騙了司法單位。他的目的是要向祥恩·戴洛克報一箭之仇，如果有可能，還想把他送進監獄。嘖，眞是太工於心計了。你覺得荷包滿滿的韋拉帝難道不想買回這封有損名譽的信嗎？如果有個好心人想壓下另一樁醜聞，客客氣氣地拿著這封信去找他，韋拉帝會不會出個好價錢買下來呢？巧得很，這封信剛好就在我口袋裡。」

貝舒嘆了一口氣，但又無力抗議。只要無辜的一方獲勝，有罪的人願意彌補，那麼無論怎麼說，正義總是得到了伸張，難道這不是重點？他是不是把巴內特最後一刻的小小「提領」看得太重要，畢竟，這些錢終究是出自於有罪之人，算作贖罪代價不是嗎？

「永別了，巴內特，」他說：「你知道嗎，我們最好不要再見面了。你會害我喪失我的職業道德。永別了！」

「那麼，再會，貝舒。我明白你的顧慮，這值得你引以爲傲。」

幾天之後，貝舒收到巴內特寄來的信。

高興點，老朋友。你雖然沒有實踐承諾逮捕狡猾的巴內特，也沒有依上級的指示攔下照片，但是我大力爲你辯護，並且證明你在這個案件中扮演了決定性的角色。我終於爲你爭取到晉升隊長的榮耀。

貝舒憤怒地將手一揮。可恨啊，他怎麼能受惠於巴內特？但是話說回來，他又怎麼能拒絕這個社會對優秀公僕的肯定呢？更何況，貝舒從來沒有懷疑過自己的功績……

他撕了信，欣然接受新職務。

特別收錄

穿羊皮的人

小鎮驚魂！

星期天，聖尼古拉鎮及附近城鎮的農民步出教堂，魚貫穿越廣場準備離開，此時，幾位走在前頭且已轉進大馬路的婦女，突然驚恐尖叫往後退。

瞬間，一輛大得可怕、宛如怪物的車子，以飛快的速度出現。車子穿過大呼小叫、爭相逃命的人群，往右衝向教堂，在快撞上台階時來個急轉彎，然後緊挨著神父住所外牆駛離，重新開上國道，消失無蹤。那驚險的急彎竟能閃避擠在廣場的群眾，未傷及任何人，真不知哪來的奇蹟。

然而大家都看到了！大家都看到駕駛座上的男人，身披羊皮、頭戴毛帽、掛著一副大眼鏡；而副駕駛座的前方，赫見一名滿頭鮮血的女子，身體彎曲，頭下腳上垂掛於車篷上。

眾人甚至聽到女子的喊叫，那恐懼瀕死的呼喊……

在場民眾被此煉獄般的血腥景象嚇呆了，就這麼杵在原地好幾秒。

「是血！」有人大叫。

廣場的石子路、秋天第一道霜雪結凍的地上，到處是血，小孩子及男人連忙依著這悲慘的痕跡追趕汽車。

大馬路沿途血跡不斷，而且留跡的方式非常怪異，顯然是跟著忽左忽右的車胎痕，留下一道令人戰慄的之字形血痕。這麼開車怎能沒撞上樹？車子又如何在走斜坡時，保持直行不翻覆？這麼一路顛簸開車的傢伙，是新手？瘋子？酒鬼？或根本是狗急跳牆的殺人犯？

某位農人嚷道：「他們鐵定過不了森林那個彎道！」

另一人也說：「當然過不了！保證翻車。」

距聖尼古拉鎮五百公尺遠處，有座莫格森林，馬路到此右彎，除了出鎮處的小拐彎，接下來皆筆直通往森林入口，但一進去，會立刻在岩石樹叢間遇上大彎道。車子行經此彎道若不事先放慢速度，絕對開不過去，路邊還豎立幾個警告危險的告示牌。

農人們氣喘吁吁抵達森林邊界的山毛櫸樹林。

沒多久即有人驚叫：「果然！」

「怎麼了？」

「翻車啦！」

這部車其實是輛駕駛與後座隔開的老式客車，現已傾倒翻覆，車身嚴重損毀、扭曲變形。車旁有具女人屍體。但更駭人、更慘不忍睹的是，女人的頭已遭巨大石塊壓扁，頭顱碎裂，難以辨識，而究竟是什麼力量讓沉重的大石砸落人臉，眾人完全想不通。

至於那名穿羊皮的男人則遍尋不著，不僅事故現場未見蹤影，連附近城鎮也一無所獲。此外，幾個從莫格山坡下山的工人也表示沒遇見任何人。

那麼，男人應該逃進樹林裡了。

這片樹林因林木之美、古木參天，被大家喚作「森林」，但其實範圍不大，警方獲報後，也立刻在農民協助下，展開地毯式的搜索，卻毫無斬獲。預審法官這邊經過連日深入調查，同樣未取得任何得以為這起無解慘案帶來一絲曙光的線索，反倒牽連出更多謎團及匪夷所思之事。

因為，調查發現，石塊來自至少四十公尺遠的山壁崩塌處，而凶手竟才花幾分鐘就搬來大石，砸向受害者頭部。

另外，可以百分之百確定凶手並未藏身森林，否則一定能找到。但他在犯案後八天，竟還敢返回山坡彎道處，留下披在身上的羊皮，這是為什麼？目的何在？羊皮大衣裡除了一只開瓶器及一條餐巾，也沒其他物品，這代表什麼？而到汽車製造廠詢問，廠商認出這輛車，說是三年前賣給一名俄國人，廠商還說，俄國人又立刻將車子轉賣出去。

賣給誰？車子未掛車牌，不知從何查起。

死者遺體同樣無法辨認，她的衣服、貼身衣物連個商標也沒有，其長相更是認不得。

儘管警察總局探員沿著神祕事件主角行經的國道，反向回頭追蹤，但誰能證明事發前晚，那輛車就是走這條路來的？

不過四處探查尋訪後，案情總算有了進展。原來事故前晚，有輛老式客車曾在離本地三百公里遠處，某個小村莊的雜貨店前停留，村莊位於交通繁忙的路邊，沿著走會連接上國道。

駕駛先加滿油箱，買了汽油及備用水壺，接著採買一些食物，有火腿、水果及乾糧、酒及半瓶三星（Trois-Étoiles）白蘭地。

有位女士坐在車上，從頭到尾沒下車。後座車簾給拉上了，而其中一張簾子擺動了幾次，雜貨店店員覺得裡面一定有人。

若店員的證詞無誤，問題就更複雜了，因爲尚無任何線索顯示有第三人存在。

如今，既然知道他們添購食物，就得進一步確認他們吃了沒，以及剩餘食物的下落。

於是警方順著原路回去調查，就在兩條路的交叉口，也就是離聖尼古拉鎮十八公里遠處，問到一名牧羊人，指稱自己曾在附近某座藏於茂密灌木林後的草原上，發現一個空酒瓶和其他東西。

經過初步查證，警方相信了。車子曾停在此處，這些外來旅客大概是在車上過夜，吃過東西後，再繼續白天的旅程。證據不容置疑，因爲警方找到雜貨店老闆售出的三星白蘭地。

但酒瓶瓶頸處遭人打破。

現場撿到拿來敲破酒瓶的石子及仍連著封蠟軟木塞的酒瓶頸。在金屬封印處，尚可見試圖循正常方法開瓶的痕跡。

警方繼續沿著草原邊與馬路成直角的溝渠搜索。溝渠盡頭是道細小水源，被荊棘叢覆蓋，陣陣腐臭味似乎正從那兒溢散。

撥開荊棘叢，警方發現一具屍體，是個男人，頭給砸得稀爛，滿是蛆蟲。這人身穿長褲及棕色皮外套，口袋裡空無一物，不見證件、皮夾或手錶。

隔天，被緊急通知前來的雜貨店老闆及店員，從死者的穿著與身形，確認此人就是事發前一晚上門購買食物和汽油的旅客。

這下可得因新事證重建整起案子，本案關係人不只兩位，已非原先設定的一男一女、一人殺死另一人的情況，而是有三個關係人，且目前有兩名被害，其中男性還一度遭指控殺害同伴！

至於凶手，無疑是車裡同行者，那位小心翼翼躲在車簾後方的第三人。他先搶劫駕駛，將駕駛丟下車，再攻擊女子，送她走上死亡之路。

這些新事件、始料未及的發現、意想不到的證據，本可令人期待謎團即將明朗，最起碼，預審法官又更靠近眞相幾步。結果全非如此，如今的發展，不過是在第一具屍體旁多放一具屍體、在原來的問題上多增其他疑點，並將謀殺指控從這人換到那人身上罷了。

這就是案情現況，除了那幾樣明確無虞的事實外，其他仍陷入五里霧中。

女人、男人及凶手的大名，一樣是謎。

而且，凶手上哪兒去了？若他能瞬間消失，這現象確實很離奇，但現在更神奇的是，凶手根本沒消失！他還在這裡，甚至重回災難現場！因爲除了羊皮大衣，某日又找到一頂毛帽。更令人瞠目結舌的是，守衛明明在那著名彎道旁的岩石堆整夜警戒，卻在翌日早上發現駕駛的眼鏡，已經破碎、生鏽、骯髒且完全不能用了。凶手究竟如何躲過警方監視，將眼鏡帶回現場的？重點是，帶回來做什麼？

還有更精采的。次日晚上，一名農人有事得穿越森林，他帶著獵槍及兩條狗以防萬一，結果漆黑中有個黑影閃過，他怵懼地止步，兩條具有一半野性血統、強壯兇猛的狼犬縱身躍入矮林，開始追逐。

追逐並未持續太久，農人幾乎立刻聽見兩聲淒厲的哀嚎，馬上轉爲垂死的呻吟，然後無聲無息，一片死寂。

農人嚇壞了，獵槍一丟，拔腿就跑。

但第二天，人們找不到任何一隻狗，獵槍的槍托不見了，槍身則讓人直挺挺地插在土裡，其中一邊槍管還放了花，是秋水仙，從五十步遠處摘來的！

這又是什麼意思？爲什麼有花？事件中所有錯綜複雜的原因爲何？做這些無用行爲的動機是什

麼？情況如此反常，邏輯理智也跟著一團亂。碰上這種混沌不明的案子只剩恐懼，眾人皆感受到窒人的凝重氣氛，讓人喘不過氣，這種氣氛使人無力看清，連最睿智之士也不知所措。

預審法官病倒了。四天後，代理人坦承案情似乎膠著難解。警方逮捕兩個遊民，但隨即飭回。他們不斷尋找一直追捕不到的第三人，然而就算找到了，也未握有得以指控的證據。總之，案情就是亂七八糟、撲朔迷離，且相互矛盾。

一個偶發事件促成破案，或者說，此事釐清了來龍去脈，使本案得以解決。事情很簡單，巴黎某家大報的編輯被派往現場採訪，他在新聞稿上寫了這些話：

因此，我得重複此句，破案必須靠命運之神幫忙了，否則只是浪費時間。目前掌握的證據線索，甚至不足以拼湊成一個說得過去的假設。這夜，如此沉重、漆黑、令人提心吊膽，就算找來全世界的夏洛克・福爾摩斯，也看不清全貌，至於亞森・羅蘋，恕我冒犯，恐怕也猜不出來。

然而，此篇文章見報隔日，報上即刊登以下電訊：

本人偶爾會猜不出來，但絕對不包括這類蠢事。聖尼古拉鎮慘案，只有吃奶的娃兒才覺得是謎。——亞森・羅蘋。

這封電訊引發輿論。後來大家提起此案，總不忘電訊一事，也總是記得這位知名冒險家插手後立刻引發的筆戰。

他眞會插手？大家不太相信，報社本身也很懷疑，決定謹愼處理。

補充聲明：我們當作一般消息刊登的電訊，經查應是有人惡作劇。儘管亞森・羅蘋是故弄玄虛的行家，但應不至如此傲慢自大，流於幼稚。

又過了數日，這幾個早上，好奇、失望的情緒愈益沸騰，事情會如何發展呢？終於，報社刊登了一封得來不易而內文條理清晰的信件，亞森・羅蘋在信中揭開謎底，完整內容如下：

社長先生：

您知道我激不得，所以故意挑釁，既然您宣戰，本人願意接招。

我想先重申：聖尼古拉鎭慘案，只有吃奶的娃兒才覺得是謎。我從沒見過如此單純的案件，從接下來簡短的推論裡，即能證明此事件到底有多簡易。

在下推論說明就這麼幾個字：

「當犯罪看來不符合一般行事準則，似乎違背常理又異常荒謬時，極有可能也只能從超乎常理，甚至超自然、超人性的動機中尋求解答。」

我說「極有可能」，是因爲再理所當然、再普通的事件，總會含有怪異荒誕的成分。但就此事而言，說實在的，怎能對其中的荒謬和突兀視而不見，也不作任何聯想？

從一開始，我就對此案明顯古怪之處印象深刻，首先，因拙於駕車留下的之字形胎痕，大家認爲是新手駕駛所致。有人說駕駛大概喝醉酒，不然就是瘋子，如此猜測實屬合理。但不論是瘋子或酒鬼，都很難突生足夠的蠻力搬來大石，砸爛那可憐女士的頭，尤其時間又這麼短。

搬動大石需要有力的肌肉，這件事立刻被我視爲主導整起慘案的第二項疑點。

況且，普通小石塊即可解決被害人，何必大老遠搬來巨石？另一方面，在劇烈翻覆的車子裡，凶手如何能死裡逃生，就算活命，至少也該動彈不得一段時間吧？還有，他怎麼消失的？爲何消失後又重回事發現場？爲什麼將羊皮大衣丟在那兒後，過幾天再陸續留下毛帽及眼鏡？

凶手行徑奇怪、無意義，而且愚笨。

此外，載著受傷垂死的女人就算了，爲何還讓她坐在大家都看得到的前座？怎麼沒將她關在後座，或隨便找個地方棄置，任其自生自滅，就像把男人丟在河邊荊棘叢一樣？

又是奇怪愚笨的舉動。

整件事莫名其妙，每個環節俱極怪異，前後矛盾、手法拙劣，像個做事不經大腦的孩子，甚至更像愚蠢發狂的粗人、野人。

再看看白蘭地酒瓶，凶手有開瓶器（在他皮大衣口袋裡找到的），可是他用了嗎？沒錯，瓶口封蠟處的確留下清晰的開瓶痕跡，但這動作對他太複雜，所以他直接拿石頭砸碎瓶頸。

請注意，從頭到尾，都是石頭。石頭是此人唯一使用的武器及工具。那是他慣用的武器、熟悉的工具，殺害男人時用石頭，殺害女人也是石頭，連開瓶都用石頭。

我再重複一次，這是個野人，發狂、錯亂、突然兇性大發的野人。爲什麼？唉呀！都是因爲他在駕駛及其女伴停留草原吃午餐時，喝光該死的「生命之水」。其實整趟旅程他都在車內，披著羊皮大衣、頭戴毛帽，午餐時間才下車，拿起酒瓶，敲破瓶口，一飲而盡。這就是事情經過。喝酒讓他變得瘋狂暴躁，突然沒來由地出手攻擊。之後，他本能地感到害怕，擔心免不了一頓責罰，於是藏匿男人屍體，再傻傻地帶著受傷女子逃逸。他開車逃亡，雖然不知如何駕駛，但車子對他來說是救命丹，能保他脫身不被逮。

大家會問：「那錢呢？失竊的皮夾呢？」

啊！誰跟你們說他是小偷？誰說不是遊民或被屍臭引來的農人偷的？

「是沒錯啦！」各位仍會質疑，「但既然野人就躲在拐彎處附近，應該找得到，再說，他總得吃、總得喝吧？」

所以呢？

還是猜不出來？

「對啊！而且您確定他一直在現場？」

當然，農人目睹黑影就是證據。我還能提出其他證據，例如，兩條失蹤的狼犬，都是大型犬，凶手卻像對付寵物狗般把牠們弄不見……

另外，那把插在土裡的槍管，上面擺了花，多蠢的行爲。夠笨、夠傻、夠可笑了吧？怎麼，還聽不懂？這些細節還不夠你們想通嗎？

想不通？好吧，看來想終結並回答各位的質疑，最簡單的方式就是直接公布答案。與案情有關的解釋夠多了，搜查行動也相當頻繁，因此，警察先生及憲兵隊應該比較想靠自己破案，他們荷槍實彈，只顧著搜查森林附近兩、三百公尺的範圍，但願他們除了埋頭盯著地面搜索，也能抬頭看看天空，對，天空，就在橡樹最頂端或山毛櫸高不可及的枝葉間。相信我，他們會看到，人就在那兒，正驚慌失措、可憐兮兮，尋找被他殺害的男女，找不到就等在那兒，不敢離開，也不懂究竟發生什麼事……

我很遺憾礙於繁瑣且複雜的事務，非得留在巴黎，不然這麼奇特的案子，本人倒很樂意親自一探究竟。

因此，容我向司法單位的好朋友們說聲抱歉，並向社長先生致以崇高敬意。

亞森・羅蘋筆

大家都記得事情如何落幕的。警方及憲兵只是聳聳肩，當羅蘋是胡言亂語，根本沒放在心上，倒是地方上的四位地主帶著長槍開始尋獵，他們瞧著天空，像是準備打幾隻烏鴉下來。半小時後，終於發現凶手，他們連開兩槍，凶手從枝幹上滾落。

他受了點傷，被逮個正著。

當晚，巴黎一家尚不知犯人已落網的日報，刊登了以下啓事：

> 柏哈哥夫夫婦於六週前抵達馬賽港，在當地租車，目前失聯。
>
> 這對夫婦長年居住澳洲，首次來到歐洲，並事先寫信告知「珍奇異獸動物園」園長，將送來某隻聞所未聞、無法斷定究竟是人是猴的奇特物種。
>
> 柏哈哥夫先生是位傑出的考古學家，根據他的說法，人們將能親見至今一直無法證實存在的類人猿——或者說猿人的生物。這種生物的身體構造，與杜霸博士於一八九一年在爪哇發現的直立猿人極爲雷同，且某些特性似乎印證了阿根廷自然學家阿曼吉諾先生的理論。阿曼吉諾先生曾利用布宜諾賽利斯港口開鑿工程時挖掘到的顱骨碎片，重組南美遠古人的骨骸。
>
> 這隻獨特的生物聰明、懂得觀察，在澳洲住處時，牠是主人的僕人，會洗車，甚至嘗試學開車。

柏哈哥夫夫婦究竟出了什麼事？而與他們同行的特殊靈長類動物又上哪兒去了？

這個問題現在已不難回答。多虧亞森・羅蘋的提點，社會大眾終於瞭解慘案全貌，也多虧他，警方才能順利擒拿罪犯。

大家可以去「珍奇異獸動物園」參觀，罪犯就被關在名爲「三星」的牢籠裡。其實，就是隻猴子，但說是人也不爲過。牠就像寵物般乖巧聰明，同樣會爲主人過世感到哀傷。然而，牠身上亦有許多更像人類的個性：狡猾兇殘、好吃懶做、暴躁易怒，尤其過度熱愛杯中物。

除此之外，坦白說，牠不過是隻猴子。

只是……

在猴子被捕後幾天，我撞見亞森・羅蘋靜靜地站在籠子前，顯然還在試著爲這有趣的問題收尾。

我立刻上前攀談，因爲有件事一直懸在心上。

「您知道，羅蘋……呃，好吧！總之這個案件，從您插手介入、抽絲剝繭，到最後那封公開信，都沒給我什麼驚豔的感覺。」

「喔！」他很平靜地說：「爲什麼？」

「爲什麼？因爲七、八十年前曾發生同樣的怪事。愛倫坡極短篇小說其中一篇，就是寫這主題。有了這些背景，解開謎團易如反掌。」

亞森·羅蘋抓住我的手臂，拉著我說話。

「所以，」他問：「您是何時猜出謎底的？」

我坦承道：「讀了您的信後。」

「讀到哪裡猜出的？」

「文末。」

「看吧！還不是要到文末，等我把事情說白了才知道？所以，因緣際會下，同樣的罪行難保不會再現，但儘管時空背景全然相異，主角就是那個樣，您及其他人，至少應張大眼好好觀察，結果仍需要我寫信幫忙。信裡我以點到為止為樂——因為我被別的事弄得很煩——甚至偶爾借用美國偉大詩人的詩句，您很清楚我的信並非一無是處，對那些總是記不得教訓的人們老調重彈也沒什麼。」

說罷，羅蘋轉過身，見老猴子儼然哲學家般一臉嚴肅，不知在想些什麼，不禁噗嗤而笑。

國家圖書館出版品預行編目資料

名偵探羅蘋【附：穿羊皮的人】／莫里斯・盧布朗（Maurice Leblanc）著；蘇瑩文、吳欣怡譯
—— 初版 . ——臺中市：好讀 , 2012.5
面：　公分，——（典藏經典；51）
譯自：L'Agence Barnett et Cie/
L'Homme à la peau de bique

ISBN 978-986-178-235-5（平裝）

876.57　　101004269

好讀出版

典藏經典 51

名偵探羅蘋【附：穿羊皮的人】

原　　著／莫里斯・盧布朗
翻　　譯／蘇瑩文、吳欣怡
總 編 輯／鄧茵茵
文字編輯／林碧瑩
美術編輯／許志忠
行銷企劃／劉恩綺
發 行 所／好讀出版有限公司
台中市 407 西屯區何厝里 19 鄰大有街 13 號
TEL:04-23157795　FAX:04-23144188
http://howdo.morningstar.com.tw
（如對本書編輯或內容有意見，請來電或上網告訴我們）
法律顧問／陳思成律師

戶　　名：知己圖書股份有限公司
劃撥帳號：15062393
服務專線：04-23595819 轉 230
傳真專線：04-23597123
E-mail：service@morningstar.com.tw
如需詳細出版書目、訂書，歡迎洽詢
晨星網路書店 http://www.morningstar.com.tw

印　　刷／上好印刷股份有限公司 TEL:04-23150280
初　　版／ 2012 年 5 月 1 日
初版四刷／ 2017 年 8 月 30 日
定　　價／ 240 元
如有破損或裝訂錯誤，請寄回台中市 407 工業區 30 路 1 號更換（好讀倉儲部收）

Published by How Do Publishing Co., LTD.
2017 Printed in Taiwan
ISBN 978-986-178-235-5

讀者回函

只要寄回本回函，就能不定時收到晨星出版集團最新電子報及相關優惠活動訊息，並有機會參加抽獎，獲得贈書。因此有電子信箱的讀者，千萬別吝於寫上你的信箱地址

書名：名偵探羅蘋【附：穿羊皮的人】

姓名：＿＿＿＿＿＿＿ 性別：□男 □女　生日：＿＿年＿＿月＿＿日

教育程度：＿＿＿＿＿＿＿＿＿＿＿＿

職業：□學生 □教師 □一般職員 □企業主管

□家庭主婦 □自由業 □醫護 □軍警 □其他＿＿＿＿＿＿＿＿＿

電子郵件信箱（e-mail）：＿＿＿＿＿＿＿＿＿＿ 電話：＿＿＿＿＿＿＿

聯絡地址：□□□＿＿＿＿＿＿＿＿＿＿＿＿＿＿＿＿＿＿＿＿＿

你怎麼發現這本書的？

□書店 □網路書店（哪一個？）＿＿＿＿＿＿＿＿ □朋友推薦 □學校選書

□報章雜誌報導 □其他＿＿＿＿＿＿＿＿＿＿＿＿＿＿＿＿＿＿＿

買這本書的原因是：＿＿＿＿＿＿＿＿＿＿＿＿＿＿＿＿＿＿＿＿

□內容題材深得我心 □價格便宜 □封面與內頁設計很優 □其他＿＿＿＿＿

你對這本書還有其他意見嗎？請通通告訴我們：

＿＿＿＿＿＿＿＿＿＿＿＿＿＿＿＿＿＿＿＿＿＿＿＿＿＿＿＿＿＿

你買過幾本好讀的書？（不包括現在這一本）

□沒買過 □1～5本 □6～10本 □11～20本 □太多了

你希望能如何得到更多好讀的出版訊息？

□常寄電子報 □網站常常更新 □常在報章雜誌上看到好讀新書消息

□我有更棒的想法＿＿＿＿＿＿＿＿＿＿＿＿＿＿＿＿＿＿＿＿＿

最後請推薦五個閱讀同好的姓名與E-mail，讓他們也能收到好讀的近期書訊：

1. ＿＿＿＿＿＿＿＿＿＿＿＿＿＿＿＿＿＿＿＿＿＿＿＿＿＿＿＿

2. ＿＿＿＿＿＿＿＿＿＿＿＿＿＿＿＿＿＿＿＿＿＿＿＿＿＿＿＿

3. ＿＿＿＿＿＿＿＿＿＿＿＿＿＿＿＿＿＿＿＿＿＿＿＿＿＿＿＿

4. ＿＿＿＿＿＿＿＿＿＿＿＿＿＿＿＿＿＿＿＿＿＿＿＿＿＿＿＿

5. ＿＿＿＿＿＿＿＿＿＿＿＿＿＿＿＿＿＿＿＿＿＿＿＿＿＿＿＿

我們確實接收到你對好讀的心意了，再次感謝你抽空填寫這份回函

請有空時上網或來信與我們交換意見，好讀出版有限公司編輯部同仁感謝你！

好讀的部落格：http://howdo.morningstar.com.tw/

請塡妥後對折黏貼，直接投郵即可，無須貼郵票。

廣告回函
台灣中區郵政管理局
登記證第3877號
免貼郵票

好讀出版有限公司　編輯部收

407 台中市西屯區何厝里大有街13號
電話：04-23157795-6　傳眞：04-23144188

沿虛線對折

購買好讀出版書籍的方法：

一、先請你上晨星網路書店http://www.morningstar.com.tw檢索書目
或直接在網上購買

二、以郵政劃撥購書：帳號15060393 戶名：知己圖書股份有限公司
並在通信欄中註明你想買的書名與數量

三、大量訂購者可直接以客服專線洽詢，有專人爲您服務：
客服專線：04-23595819轉230 傳眞：04-23597123

四、客服信箱：service@morningstar.com.tw

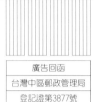